柳絮舞い散る
北京に生きた証

矢樹育子
Ikuko Yagi

文藝春秋企画出版部

恩師に捧ぐ

目次

棺《かん》を蓋《おお》いて事定《ことさだ》まる

中国語の成句「蓋棺事定」より

柳絮舞い散る
北京に生きた証

一、会ってください

日本語で話しかけられた。

「母に会ってください。わたしの母は日本人です」

その言葉は何かの事情を背負ったものから差し向けられているように聞こえた。

この地が中国でこの男性は見知らぬ中国人で、私はたまたま北京に来ている日本人、それだけなのだが、無関係ではいられないような気がする。

「はい」

質問したり躊躇《ちゅうちょ》したりすることはできなかった。

受け取った名刺にはＹＭＣＡの文字がある。

その日は、北京ＹＭＣＡで〈日本語学習発表会〉が開かれていた。私は日本語学習教材を協力して作っている中国人の先生と一緒に招待されていた。

教室では、若者たちが練習を積んだ日本語で『鶴の恩返し』の劇を演じていた。民話と木下順二の戯曲『夕鶴』とを思い出しながら、その熱演に拍手を送る。日本人は私ひとりだった。

通り沿いに吊ってある裸電球の強い光や中国語の看板、集う人々の喧噪《けんそう》や自動車のクラクション、自転車のきしみ、それらは建物を包むオレンジ色の夕闇に溶けて『鶴の恩返し』を演じている部屋にまで入り込んでいた。教壇を用いた簡素な舞台だが、〈よひょう〉が〈つう〉の正体を見て驚きのあまり倒れたシーンは迫真の演技だった。〈つう〉が去った後の嘆きも熱演で、日本の山や空が見えるようだった。

後日、私は「会ってください」という言葉に導かれてその人に会いに行った。集合住宅の中に案内してくれた男性のお母さんである日本人、Ｏさんはにこやかに自宅の玄関に出迎えてくれた。

初対面なのに懐かしい感じがする。淑《しと》やかな日本女性そのもの、日本語は乱れのない上品な響きだ。Oさんは息子夫婦と孫と共に暮らしている。

家族の会話はすべて中国語で誰もひと言も日本語を話さない。「わたしの母は日本人です」という息子さんのはっきりした日本語は、私を招くために必要最小限の文を覚えて口にしてくれたものだったのかもしれない。

微笑を絶やさないOさんはとりとめのない世間話をしたり、息子たちが中国語でしゃべっている内容を教えてくれたりした。「こんなことを言ったのよ」とおかしそうに日本語に訳してくれる。

私は手料理でもてなされるばかりで、恐縮した。もしかしたら日本語での会話が日頃は皆無なのでただ受け身のお喋りをするだけで良いのかしら、とも感じた。

何か頼まれることがあるのではないかと勝手に想像していた。定期的に一時帰国をする私にできることがあれば請け負いたいなどと構えていたのだ。そのような考えは無用だったようだ。

Oさんは満ち足りた表情で私を見守っている。初めての北京生活に困ったことはないかと尋ねてくれる。

「たいへんでしょう？」という労《いたわ》りの言葉に甘えて、私は息子が少々ストレスを感じているらしいことなどを漏らした。そんなことを他人に話したのは初めてだ。息子は母語を獲得する前に英語ばかりの幼稚園に放り込まれ、慣れた頃に初めての日本人社会である日本人学校に入り、街は中国語が飛び交うという環境の激変に耐えているのだ。

別の日には、息子を連れて訪問した。Oさんのもてなしに気持ちの解《と》けた息子が「おかあさん、きらい」などと訴えている。

傍《かたわ》らで一緒に遊んでいる天という名の四歳の孫に注ぐOさんのまなざしは格別だった。

「天天には日本語を教えたいの」と何度か繰り返した。一文字の名は重ねると愛称になる。

「天天ちゃん、良いお名前ですね」

日本語を教えたいというOさんの気持ちと無邪気な四歳児と両方にぴったりの贈り物を思いついた。

私は息子のために日本から〈こどもちゃれんじ〉という幼児向けの月刊学習雑誌を定期的に取り寄せていた。バックナンバーはすべて取り置いてある。絵本にはビデオテープの付録がある。テレビの画面でキャラクターが歌い、踊り、話し、飽きさせない。受け取って頂けるかしら。

この贈り物にOさんは思いのほか喜んでくださり、ほっとした。うまく日本のビデオが再生できる機器があるかどうかだけが心配だった。

「とても良いわ」と後日、笑顔での感想もあり、安心した。トラやウサギのキャラクターが賑やかにOさん一家を楽しませている光景を想像すると嬉しくなる。

私の知り合う日本人は同じような境遇の駐在員家族に限られており、北京市民として根付いて暮らしている日本人はOさんだけ、特別な存在だ。

一九九七年春、別れのときがきた。駐在には限りがあっていつかは日本に帰ると誰もがわかっている。

最後の日に、Oさんはおもむろにずっしりとした茶封筒を私に差し出した。

小さな声で「誰も日本語は読めないから」と言いながら、それ以上は何も語らず、私の両手に載せた。

胸に抱いたその重さはOさんの過ごしてきた時間そのもの、日本で生まれてから今日に至るまでの経緯を綴《つづ》った原稿用紙七十七枚だった。

「誰も日本語は読めないから」だから……?

二、北京再見

初めまして

一九九三年夏、初めて大陸の地に立った時の私は国語の教科書のページにつかまり身を起こしたようなものだった。中国は学校の国語科で習う漢詩漢文の現場であり、日本人の思想の源流であり、文字の祖先であり、つまり私たちが学んできた教養の源といってもよい所だ。東洋の胎盤に西洋の滋養が注がれて私たち日本人ができあがっている。

北京国際空港の「歓迎歓迎」の文字が過ぎ去り、乾燥した地面に身を置かれて、自分の立ち位置というものを考えないわけにいかなくなった。

シンガポール系ホテルの敷地内に建つ公寓（アパート）が住まいだ。家具付きなので、船便が到着するまでの期間も困ることはない。

まずは、敷地内にあるキンダーガーデン（アメリカ系国際幼稚園）に四歳になったばかりの息子を入れる手続きをする。敷地内の施設の共通言語は英語だ。世界各地から来ている外国人が住んでいる。入居者に渡される書類にはぎっしりと英文が並んでいる。辞書を片手に読み解きながら嘆息する。日本語は一切通じない環境であるということが、最初に直面する厳しい現実だった。

会社員である夫の転勤に伴う帯同家族として、四ヶ月遅れで中国に入った。先に来ていた夫は北京事務所と上海事務所との兼務であるため、多忙だ。あまり頼ることはできない。

中国語は「シエシエ（謝謝・ありがとう）」しか知らなかった。「ニーハオ（您好・こんにちは）」と「サイチェン（再見・さようなら）」を覚えた。すると、この三語は実用語として万能であることがわかってきて、連発、発音もそれらしく表情も人間らしく、コミュニケーションの端緒になった。

中国語を見ていると知っている漢字が多く、外国語ではないような気がしてくる。画数を減らした簡体字の元の姿がわかると意味の見当がつく。発音は難しいが、筆談にするとなんとかなることもある。紙と鉛筆が欠かせない。

最初に接した中国人は家事を手伝ってくれる女性、Tさんだった。

Tさんが紙に書く漢字は達筆で、用件が済んでも捨ててしまうのはもったいないくらいだった。だいたいの意味を考えて私も漢字を並べる。お互いにそれぞれの独り言で解釈しながら意思疎通を図る。正しく理解しているのかどうかわからないままやりとりを重ね、生活が進んでいく。

ある日、筆談とジェスチャーによるおしゃべりの最中、Tさんの書く文字が美しいので見とれて思わず「字、上手ですねえ」と日本語で呟いた。わかったのか、にこやかに顔を上げた。私は「上手、上手」と言い、彼女は胸を張る。

翌日、Tさんは野菜や肉などを抱えて来た。そして、キリリとした表情で私に講釈しながら餃子《ぎょうざ》の材料を広げた。肉や野菜を刻み、粉を溶きながら団子にして、丸く伸ばして皮を作っていく。刻み方、包み方がきれいで手際が良い。

「わあ、餃子を皮から。嬉しい」とまた日本語で言いながら手伝う私に、Tさんは大きな声で「ジャオズ（餃子）」とうなずく。

やっと気づいた。私の日本語「じょうず」という響きが「餃子」だったのだ。「上手、上手」を聞いて餃子作りを所望されたと解釈したTさんが本場の家庭料理を教えてくれたというわけだった。舌触りのよい皮に包まれた水餃子、そのおいしさは誤解の産物だった。

このように最初の中国人女性とのやりとりは、言葉の齟齬《そご》が多く、彼女も疲れただろうと思う。息子が活発な幼児で「アーイー（阿姨・おばさん）、アーイー」とまとわりつき、時を選ばず敷地内の公園に引っ張って行くので、へとへとになっている様子、「タオチー（淘気・悪たれ、きかん坊）」という語を覚えたのはこの頃だ。息子はよくそう呼ばれていた。

中国人は職場で入浴してから帰宅するという習慣があった。帰る間際に、浴室の一つに入って一日の疲れを癒やしてから出る。彼女にとっては大切な休息の時間なのだから、日頃はあまり使わないその部屋のドアを閉めて邪魔をしないように気をつけていたのだが、目を離すと息子が飛んでいって浴室のドアを叩きながら「アーイー」と呼び始める。私は子供を抱きかかえて別の部屋で押さえておく。「ドウエブチ（対不起・ごめんなさい）」という言葉を覚えた。

実はTさんは中医（漢方医）になる勉強を夜学に通って続けており、エプロンのポケットには〈ウォークマン〉を入れていた。講義を復習するために聴いているのだそうだ。偉いなあと感心すると同時に、日本製の〈ウォークマン〉が役立っていることに嬉しくなる。

結局、彼女は「この家は無理」と判断して幼児のいないカナダ人の家に移り、我が家の家事手伝いは別の若い人、Kさんが来てくれることになった。

北京の冬は最高気温が氷点下という寒さだ。外出時には長めのダウンコートは欠かせない。が、居住敷地内の各建物は空調が効いているので、欧米系の人は薄着で歩き回っており、スポーツクラブから半袖のまま歩いて公寓に帰る姿もある。

子供を抱いてエレベーターに乗っていた時、居合わせた中国人たちに口々に叱られたことがあった。子供の足が出ているではないか、靴下を履いていないではないか、と。息子は足をむき出しにして眠りこけていた。私はあわてて懐に入れるように抱き直して恐縮した。幼児に対して、中国人はいつも我が子のように親身になって声をかけてくれる。

冬の課外活動は池でのスケートだ。子供たちは特に座学を経なくても、スケート靴をきちんと履かせさえすれば氷の上に立ち、そろそろと歩み始める。私は岸辺からその姿を眺めていた。先生の注意を聞いてから、子供たちは思い思いに滑り出し、転んでもすぐに起き上がり、試行錯誤をしながらうまくなる。

あるとき、氷上の息子の姿を見失ってしまった。集合の合図がかかり、子供たちは岸に戻ってくる。保護者たちが一斉に我が子を迎え、靴を脱がしてやる。私は息子を探した。はるか彼方に点のような姿がある。こちらを見ていない。向こうに行ってしまう。

この光景は恐怖の一場面として強い印象で残っている。万一の場合、日本にいる時のようにはいかないのだ。もし池の氷が割れたら、もし転んでけがをしたら、もし対岸に誘拐犯がいたら、どの「もし」も助け方が難しい。

最後の一人として息子は帰ってきた。「どうだった?」「おもしろかった!」(後で先生から、呼んでも反応しないのは耳が悪いからではないかと疑われた。聴力の問題ではなく、熱中しすぎる性向があるらしい)

私の中国語の学習は先生に来て頂き、体系的にテキストを進めていく。実用的な日常会話は少しずつわかるようになっていく。

G「ラオシ(老師・先生)」は潑剌《はつらつ》とした女性、小学生のお嬢さんに私の使うテキストの音読をさせた録音テープをくださった。先生の声に続く子供の声、二回ずつ耳の奥に染み入り残る。その熱意に応えるべくしっかり勉強したいという思いが募る。

レッスン中、テキストから目を上げて雑談になると私的な話もするようになった。Gラオシは、私が日本で国語の教員をしていたことを知ると「私たちは同業者ね!」と満面の笑みを浮かべた。それぞれ国語の教員だ。いつのまにか彼女の勤める大学の日語系(日本学部)に紹介してくれた。

大学ではちょうど日本人の講師を探しており、私はそこで働くことになった。

初日に大学構内を案内されて見た学生食堂のあり方には感銘を受けた。学生は各地から来る多様な民族であるため食習慣が異なる。豚肉を食べない人のためのコーナーがちゃんと設けられている。日本の学食でもこのようなマイノリティへの配慮はあるのだろうか、記憶にない。

「あなたは何族ですか」「マン族です」「ミャオ族です」「バイ族です」というような会話がごく自然にできる。

L学院大学での授業は、私自身の日本理解のやり直しの時間だった。

日本で生まれ育ち日本語しかわからない日本人が、いざ日本のことを外国人に語ろうとすると、その知識が正しいのかどうかが気になってなかなか前に進めなくなる。

私に一番求められていることは、自然な速度で標準的な日本語を話すことだ。一、二年生のうちに基礎学習を終えて日常会話をマスターしている闊達な学生たちを前にしていると、外国にいることを忘れる。

すべてのやりとりは日本語だ。教室の形も居並ぶ学生の姿形も同じなので、日本の学校における国語の授業と変わらない感覚になってしまう。そのような混同は禁物であることをわかっていても、つい親しみが勝って区別をないがしろにしてしまう。

あるとき話題が「胡同（市街地の横丁）」や「四合院（中央の庭を四棟が囲む住宅形式）」のことになった。私は北京の街から情緒ある路地や伝統的な住宅が激減していることが残念に思えてならず、そう漏らした。世界の宝とも言えるものなのだからなんとか残して欲しい。すると、学生の一人がきっぱりと言った。「それは先進国のエゴです」

長江をせき止めて三峡ダムを造るという壮大な計画には多くの村が水没する。中には貴重な歴史的文化遺産もあるらしい。「三国志」の舞台が危ない、「赤壁」はどうなる。李白の漢詩でも名高い「白帝城」はどうなる。待て待て、と言いたくなっても、「エゴです」の声を思い出して呑み込む。

四合院が好きなのなら是非、と、ある学生が知り合いの家を紹介してくれた。もうすぐ壊す予定だから見学するなら今のうち、と急かされて訪ねた。陽光の注ぐ中庭にはシンボルツリーが事典の挿絵の通りにある。各房の内側は目が慣れるまで暗く感じたが案外広い。暮らしやすいように改修されている。「一番よく見える所はこちら、上って見て」と連れられた場所はトイレだった。「そこの便器の蓋の上に立って下を見よ」と言われてどぎまぎしたが、思いきって便座の上で背伸びして高窓にしがみつく。鳥と目が合う。中庭を囲む住宅形式を概観できた。面識のない外国人にここまでして見せようとしてくれるのは、やはり惜しむ気持ちがあるからだろう。独特な敷居をまたいで人々が出入りしてきた悠久の時間を想う。

教室で、微妙な戦争の話題になったことがある。先の戦争の傷跡は消滅することはない。戦後生まれの私が加害国の罪についての言葉を選びながら言いよどむと、近くにいた学生が素早く助け船を出した。「日本人も被害者です。日本の人たちは戦争のせいで苦しみました」遠くからも声がする。「日本は資源がないから、しかたなかったですよ」言葉を失った私を学生たちが口々に救済してくれたのだ。

これらの若い声は私の中で響き続け、膝を折って泣きたいような気持ちになる。「日本人も被害者」とは、一国民として国の過ちを忘れず二度と絶対に戦争をしてはならないという意味だ。

阪神大震災

一九九五年一月十七日。朝、日本人会の新年会に出席するために支度をしていると、出張中の夫から電話が入った。「神戸が地震らしい。テレビを見て」

ＮＨＫ国際放送の画面に、ちぎれて横倒しになった阪神高速道路の映像があった。高架の道路の切れ目の端に、バスが引っかかっていた。尋常ではない画面に釘付けのまま、両親の住む神戸に電話する。上空から映しているその風景はよく知る生活圏だ。しばらくのコールのあと、父が出た。

「テレビが飛んだ。リビングボードが倒れた」「で、お父さんは？」「大丈夫や」

父はけがもなく話ができている。母はたまたま東京の親戚の家に行っており、難を逃れている。それだけ聞いたら安心した。地震はもう収まっており、北京からは手が届かないので、電話を切るしかなかった。

その日の新年会は関西出身の人のみならず地震の話題で持ちきりで、心ここにあらずだった。帰宅後もテレビはつけっぱなし、刻々と増す被害の詳細が伝えられる。途切れなく話し続けるアナウンサーに頭が下がる。世界中の日本人がこの放送にすがりついていたことだろう。

物は壊れてもしかたない、人が生きていれば良し、という考えに至る。

春節の休みに合わせて予定していた欧州旅行は実行した。

阪神大震災関連の情報は世界を駆け巡っていた。驚いたことに、どこに行っても、私たちが日本人とわかると、人々は沈痛な面持ちになって見舞いの言葉をくれるのだった。

ロンドンでは、あの天井の高い黒タクシーの運転手が紳士的な態度で、たいへんでしたね、ご家族は大丈夫でしたか、お友達は？　というようなことを言ってくれる。フランス・パリでもイタリア・ローマでも、レストランやショップのレジ横には〈日本の阪神大震災のための募金箱〉が設置されていた。迅速で温かいこのような対応には感激した。欧州旅行を止めなくて良かった、世界の連帯を知る事ができて嬉しかった。

同じ年の三月に、地下鉄サリン事件が起こった。今度は霞ヶ関、永田町だ。新聞の一面に躍る記事を見て息が苦しくなる。そこに自分が居合わせる可能性は十分あった。得体の知れない事件の報道が続いた。

夢の中では、私は自由に神戸に飛んだ。ブルーシートで覆われた住宅街はしんとしている。親の住んでいた建物は暗く閉ざされていたが、私は中空から覗き込んだ。とりあえず、父は京都の親戚の家に身を寄せ、母は東京の親戚のところで過ごした。阪神間の交通網が復旧すると、父母は京都に仮住まいを確保して、神戸の住宅再建に臨んだ。

私は電話で話を聞くばかりで役立たずだった。ただ、夢の中で浮遊して、北京、東京、京都、神戸を往き来していた。

一九九三年夏から始まった私の北京生活は、九四年、九五年を経て、捻《ねじ》れながら変化していった。中国の発展と日本の変容とが、編み込まれて伸びていく。

北京に来たばかりの時には公寓の敷地外に一人で出ることなど恐ろしくてできなかったのに、言葉を覚え、知人が増すごとに、行動範囲が拡がっていく。

日本語学習の教材を作っている中国人の先生の手伝いもした。私の役割は日本語の例文を並べることだったが、先生の中国語の解説部分を読むと勉強になった。

中国語を習うことと、日本語を教えることと、この両輪に身を任せて北京の暮らしを楽しむばかりでは、物足りないような気がしてくる。〈漢文学〉への憧憬というヴェールの内側に入って見たい、もっと深いところで繋がりたいと感じるようになった。

北京の四季

同じ大学の日本学部にいた日本人講師が本帰国をする前に、中国のラジオ局から日本に向けて北京の生活を伝えるという放送の仕事を引き継いだ。

北京発信の日本向け短波放送である。月に一度、外交部（外務省）の中にある中国国際放送のスタジオに入って自作のエッセイを読む。

〈北京の四季〉と題した番組だが、中国の風光明媚や花鳥風月を拾うだけではなく、率直な思いや体験を語ってもかまわないのだろうか。ありのままの駐在生活を言葉にしたい。あらかじめ原稿を提出して収録する形なので、内容を吟味しながら話すことができる。

本帰国の当月までこの仕事は続いた。

1、街行く女性たち

（九六年六月放送）

私が北京に来てから、そろそろ三年になろうとしています。この短い間にも北京市内の様子はずいぶん変わりました。多くの商店の壁はガラス張りのショーウインドウになり、夜のネオンは賑やかになり、照明の光量が増しました。中国の急速な変貌の様子は、日本でも豊富な映像でもって報じられていることと思います。

私自身それらの変化を実感し、楽しみながら、一方では、三年前の第一印象を忘れないようにしたいと、言いきかせてもいます。

ひとつは、看板です。街中には漢字の看板があふれていますが、この当たり前のことが嬉しくて、非常に尊いもののように感じたものです。「なになに銀行」とか「なにがし飯店」とか「なんとか商店」とか他愛のないものでも、毛筆の書体であることが新鮮で、いくら見ていても飽きませんでした。なんと落款まできちんと押してあるのです。〈書〉という芸術への敬意の表れです。

空港からのタクシーの窓越しに、達筆な文字のおもしろさ、美しさが続いて尽きないことに、「本当に中国に来たのだ」と胸が熱くなりました。

欧米人は漢字を伝達の記号というよりも絵画芸術のように見て、関心を持つそうですが、同じ漢字圏である日本人は、日本語の源流を、一つ一つの漢字に見出してひきつけられます。最近の日本の街頭からは、温もりのある流麗な字体の表示がどんどんなくなって、アルファベットとカタカナばかりに変わっていくようです。それだけに、本場、中国の漢字に、長い交流の歴史の蓄積を感じて、懐かしくなるのです。

北京の街は日ごとに変化していますから、看板なども日本と同じように英文表示をそのまま掲げるという形が急激に増えてきていて、外国人にとっては確かにわかりやすくなるのでしょうが、さみしさもあります。私は、せめて初心を、北京に来た早々、看板にさえ感動したことを記憶しておきたいです。

もうひとつ、目を奪われるものがあります。それは、街行く女性たちの姿です。日ごと、服装が豊かになって色とりどり、世界の流行に乗っていて目を楽しませてくれています。チャイナドレスと同じくらい洋装が似合う姿だと感心します。

北京の女性が颯爽として美しいのは、生きる姿勢の良さが表れているからとは言えないでしょうか。パートナーの男性に頼りすぎないで、対等の立場をごく自然に得ているようです。知り合いの女性を思い浮かべてみましても、いろいろなタイプの人がいますけれど、仕事を持ち、社会的、経済的に向上したいと努力を重ねているという点が共通しています。

Tさんは五十代の未亡人です。外国人家庭の家政婦の仕事をする傍ら、夜の大学に通って医師になる勉強を続けていました。エプロンのポケットには日本製のウォークマンをしのばせ、寸暇を惜しんで講義を復習するという努力が実を結んで、昨年、見事、中医の国家試験に合格しました。銀行員の娘さんもさぞ喜んだでしょう。

Kさんは三十代半ばです。学齢期と文化大革命の混乱期が重なったために、小学校しか卒業できませんでした。外科医の夫と就学前の子供がありますが、やはり外国人宅の家政婦を始めました。近々、成人教育の機関で文字を学びたいそうです。今年小学校に上がる娘の聡明さが自慢です。

Gさんは四十歳、大学で中国語中国文学を講じる傍ら、古典文学に関する参考書を書いたり、外国人に中国語を教えたりと、フル回転で働いています。今、助教授に昇格するかどうかの瀬戸際だとか。子供がやっと小学四年生になって楽になったそうです。

私たちの話題は、しばしば子育てと仕事との両立の苦労話になります。子供の学校の送り迎えは誰がするのか。家事の分担はどうするのか。私自身、日本にいた時に頭を痛めていた問題でした。日本ではそうそう人手を借りることもできず、頼める親戚が都合の良い場所にいてくれるわけでもありません。結局、夫婦が力を合わせて子供を育て、家庭を営んでいくしかありません。その場合、夫の意識の度合いが気になるところです。「手伝う」という程度の気持ちなのか、それとも、親としての当事者意識をもって子供に接しているのか、それによってずいぶん母親の負担感は違ってきます。

中国人の男性は家庭的だとは聞いていましたが、実際、周囲のケースを見ても、一様によく家事をするようです。料理はむしろ男性のほうが得意で、それを自分でも誇っています。私はある一般家庭に招かれたことがありますが、その家の二人の女性、ご主人のお母さんとお嫁さんが私のおしゃべりの相手をしてくれている間に、台所でつぎつぎにご馳走を作っているのは二人の男性、大黒柱の長男と次男のかたでした。それがとてもおいしくて感激しました。家族の役割、男女の役割の固定観念に縛られていた私には忘れられない光景でした。

先ほど紹介したKさんの夫は子供の幼稚園のお迎えを、Gさんの夫は日用品の買い物をよくするそうですが、子供の成長に従って分担の形が違ってきます。

Kさんの場合、最大の心配事は九月から小学校に入学する子供のお昼ご飯をどうするかという問題だそうです。こちらの小学校は一部を除いて食堂がなく、給食制度もなく、冷たい弁当を食べさせる習慣もありません。普通は昼時にいったん帰宅して温かい食事をとって、午後また学校に行くのです。そうなると、昼時に誰かが子供を見なければならなくなります。一昔前なら「四世同堂」とまでもいかなくても祖父母が同居同然に暮らしていて、子供に関わる手には不自由しなかったのです。ところが、核家族化が進んでくると、夫婦だけで解決しなければならなくなる。日本と同じ事情です。夫婦ともフルタイムで働く家庭はしかたなく人を雇ったりせざるをえませんでした。

こうした現状を反映した〈お迎え業〉なるサービスを提供する会社が北京に登場しました。「誰がこどもを送り迎えしますか」という大きな見出しの宣伝文句が、二ヶ月程前の地元の新聞に出ていました。どこの国であっても、女性が働くのは当たり前の社会であれば、いろいろなサービス業は不可欠でしょうし、北京でもますますさかんになるのかもしれません。

もっとも、日本と中国の共働きの実情は根本的に異質なので、という指摘があることは知っています。つまり、こちらでは多くの場合、一つの家庭を維持するためには二人分の収入が必要であり、望んでも専業主婦ではいられないということです。対して、日本では、必ずしも既婚の女性が経済的に逼迫《ひっぱく》しているというわけではなく、むしろ贅沢と見なされることもある自己実現志向から女性が社会進出しているのだという見方があります。

経済面だけから女性の働く姿を比較するのは不十分でしょう。日中の女性の一番の差異は、家計云々ではなく、中国人は婚姻後も姓を変えないということにあるのではないでしょうか。

今年、日本で話題になった〈夫婦別姓制度を盛り込んだ民法改正〉についての議論を、私たちは北京で興味深く見守っていました。韓国人やアメリカ人、中国人ともよくその話をしました。未婚の若者たちも既婚の人たちも、反応は一つです。

中国も以前は父系的夫婦同姓の時代があったが、今では女性も一つの姓名を生涯全うできるようになったと胸を張って説明してくれました。その顔があまり明るいので、わざと「でも、子供の姓と違っていたりしてはさみしくない？」と水を向けてみましたが、答は「問題なし！」でした。

日本の場合、改正にはまだ時機が熟していないのでしょうか。私自身は本来の旧姓を便宜上通しながら、パスポートは戸籍上の夫の姓であるという中途半端な状況を強いられているので、改正を待ち望んでいるのですが……。

自分を失わず、他人に媚《こ》びない中国人の表情は魅力的です。北京の街の女性たちの素顔をもっとお伝えしたいと思っていますが、きょうはこのへんで、終えることにいたしましょう。


中国語が少しずつわかるようになると、『人民日報』や『北京晩報』などの新聞を読み、それらの紙面にしばしば日本の新聞記事の引用を発見しては興をそそられた。

英字新聞『China Daily』にもかじりつく。

日本で盛んに報じられていた夫婦別姓論はよく引用されていて、中国人との話題に上った。別姓であるが故に子供と姓が異なってしまうことに対して、Gラオシは「女性はお腹を痛めて産んだのだから親であることは揺らがない。男性は親子である実感がないから姓を与えてちょうどいいのよ」とお腹をさすって笑っていた。

駐中フランス大使は女性で、帯同家族として夫が来ているという情報は新鮮で話題になった。日本人社会で駐在員の妻に夫が付き添っているというケースは見当たらない。

現地のテレビはドラマ放映が多い。必ず中国語の字幕が付いているので発音と文字を同時に見聞きできて便利だ。広大な中国は多民族、多言語なので、こうして理解の便宜を図っている。〈普通語〉とされる北京語は公用語ではあるが、全土に日常語として用いられているわけではない。大都市の上海でのなまりはなんとか見当がついても、更に南方では広東語、それはほとんど聞き取ることはできないほど異なっている。各地の少数民族の言語を尊重するとなれば、テレビ画面の情報も字幕付きでやっと普及が図れるということだろうか。

何においても、日本での慣習や常識を巨大な中国に当てはめて考えようとすることはできない。〈万里の長城〉は日本列島よりもはるかに長い。

秘境、張家界で川下りをした際、ガイドさんがさらりと腕を上げて案内した。「最近、あちらのほうに、ヒトが住んでいることがわかりました」と。水しぶきにずぶ濡れになりながら川向こうに目を凝らす。「今までわからなかったんですか?」「はい、道がなくて誰も往き来しなかったので」

遠くにかすむ尖った山々、仙人がいてもおかしくない山水画の世界が広がっていた。

中国人に「日本は北から南まですべての地域が同じようなんですってね!」と感嘆符付きで言われる。だいたい全国どこでも同じ自動販売機があり、同じ物を売っていて、同じ雑誌を読んで、同じ教科書を使って教育を受けている。こんなことを改めて指摘されると、当たり前ではなかったのかと驚く。流通や教育のシステムが行き届いているからという以前に、単に国土が狭いからできているのかもしれない。

2、ものの値打ち　（九六年八月放送）

年に二度ほど、夏と春節の頃に日本に帰ります。懐かしい人々に会っておしゃべりをすると、しばしば中国について尋ねられます。中国は何が美味しいか、治安はどうか、言葉の問題は？　今中国では何が流行っている？　などなど。応じる私もつい身を乗り出して「中国は」と話し始めます。

その途端にはっとして、いつもこう付け足すことになるのです。「中国はたいへん広いので、何でも一概に言うことはできないのですよ」と。地域によって、気候も風景も言語も生活習慣も異なります。各地に住んでいる外国人の「中国観」はそれぞれその土地に影響されているはずです。「中国は」という主語で代表できることは少なく、私の知っていることは中国のほんの一部であることを忘れてはいけないと自戒しています。といっても、北京は東京と同じように、地方のあちこちから首都めざしてやってきた人々のるつぼであるという点では、国全体の縮図をうかがえる街なのかもしれません。

さて、私の束の間の日本滞在での主な用事は、健康診断と買い物です。健康チェックは今のところ半日ドックに入るだけですが、買い物については、半年前から書きためてあったメモを見ながら日本でまとめて買うのですから、たいへんな量になります。何をそんなに買うのかというと、北京では手に入りにくいもの、あっても高くつくものなどです。ほかの地域よりも物資の豊富な都市ですから、探せばきっとどこかに売っているだろうと思われるものでも、情報が少ないので諦めざるを得ず、結局、次の一時帰国の時に調達することになるのです。

日本人にとって北京で割高なものというと、和食の材料や食器、日本製の雑貨や文具、電化製品、それから、日本の書籍や雑誌などです。本の値段は定価の一・四倍ですから、九百八十円のものに千四百円払うことになります。痛い。重くても頑張って日本から運ぼうかと頑張りたくなります。かくして、我々のスーツケースは、ジャガイモの皮むき器にラップ、虫取り網に籠、昆虫図鑑、その横には、保温弁当箱、靴下、折り紙、漫画、荷物の隙間を埋めるふりかけやおかき、ワープロのリボンにカメラ、浴衣に下駄、と、雑多に膨れ上がり、税関も目を背けたくなる内容となるわけです。

では、北京で安いものと言えば、何でしょうか。中国は日本よりはるかに物価が安いということはよく知られていて、確かに、中国製品は安い。見回して値段を言いましょうか。今、着ているシルクのシャツスーツは二百元でした。一元を十四円としても二千八百円です。スリッパは二十元、二百八十円。キュウリ五本とジャガイモ四個はほぼ同じで、一・六元、二十二円。卵十四個で八元、百十二円。胡椒一瓶、三・五元、四十九円。すいか大玉一個で十四元、百九十六円。という程度ですが、実際はもっともっと安く買えるはずです。

そして、特に安いと感じるのは、人件費なのです。そもそも物価が安いのは人件費の安さが遠因なのかもしれません。日本で何よりも高いのは人件費ですから、こちらの人件費の安さは申し訳なくなるくらいで、ちなみに家政婦さんの月給は日本での日当と同じくらいです。それは北京の労働者の平均所得でもあります。専門職であっても特別高額にはならないので、私たちは積極的に人に依頼することができます。語学や音楽を習ったり、コックさんに来てもらったり、服をあつらえたり、車を頼んだり、気軽にできるのが嬉しい。そうすれば、自然にいろいろな技能を持った中国人と知り合え、話をする機会が増えて、友だちの輪が広がるからです。日本から見ると贅沢な暮らしかもしれません。

しかし、中国で私たちが仕事をしようとすると、逆の事情になります。私は大学で授業を持っていますが、その時間給は、日本での五分の一です。それでも、外国人教師として別格に優遇されており、同じ仕事をしている中国人の先生方の給料を考えると、文句など言えるはずはなく、ありがたいと思います。仕事をすることによって得るものはお金に換算できる類いのものではなく、日本にいてはいつまでもわからないような価値ある体験ですから。

先ほど、中国は広いから一概に言うことはできないと申しましたが、人についても同様です。一概に「中国人は」という主語で括って述べることはできないと、思うようになりました。

たとえば、金銭感覚は時と場合と人によってずいぶん変わります。自由市場で相手が外国人だからといって普通の数倍の価格をふっかけたり、タクシーの運転手がメーターをごまかしたり、お釣りをくれなかったりする。もう数え切れないくらい経験しました。一方で、余分に頼んだ仕事に対してチップを払おうとしても受け取ってくれないことがよくあります。「お礼の気持ち」を金銭で受け取るのを潔《いさぎよ》しとしないのです。私は初めの頃、中国人の金銭感覚は率直で、日本人は羞恥心が邪魔をするからお金が苦手だと思っていましたが、必ずしもそうとは言えないと、地元の知人が増えるにつれて認識を新たにしました。

先日も、ガラスの入った五十号くらいの額縁を買ったものの、十分ほど歩かなくてはならないという時、店員さんは当たり前の顔をして担いで一緒に歩いてくれましたが、運び賃を受け取ってくれませんでした。また、子供の自転車を半日ほど無理を言って服務員の控え室に預かってもらったことがあったのですが、謝礼をどうしても受け取ってもらえず、恐縮しました。家政婦さんを紹介してくれた人も、紹介料を取ってくれず、この人は以前から、絶対にお金は受け取らないという噂があったので、お茶や煙草を持って行ったのですが、だめでした。押し返して、その代わりにがっちりと握手をするのでした。こういう体験が重なると、感謝の気持ちをすぐにお金や物に代えようとするやり方が恥ずかしくなります。

ところで、以前のこの時間に、北京の女性たちの姿をご紹介したことがありました。現在の中国社会は男女平等の精神が行き渡っており、女性はのびのび溌剌と仕事をし、男性は家庭的で優しい、という事実を羨望をもってお伝えしました。これを聞いた北京のお医者さんのCさんが、ちょっとしらけた顔で、淡々と次のように語ってくれました。

Cさんは大学の先生ですから若い頃は研究と論文執筆に明け暮れて、給料は、会社勤めをしている奥さんよりも低かったそうです。その頃、自然に家事は先生の役目となって、相当に料理の腕が磨かれたのだそうです。そのうち、先生も実入りの良い仕事が増えて忙しくなり、今では収入が増えて奥さんの比ではなくなりました。時間的にも、家事をするどころではありません。家事を誰がするかという問題は、どちらがより多く稼いでいるか、という経済倫理に尽きるのであって、男女云々の精神には何の関係もないと言うのです。

私は尋ねました。「じゃあ、今は、家事は奥さんの手に渡ったわけですね」と。すると、先生、顔をしかめて言いました。「妻は結婚してから家事をしたことがなかったので、いまさらしようとしてもできない。しかたがないから、家政婦を雇っている。そのために、私はますます働かなくてはならないのだ」と。私は先生の奥さんの満足そうな顔を想像すると、おかしくてたまりませんでした。

日本人女性にとっては羨ましい中国人家庭も、ものの値打ちを揺らす経済倫理の一環として、揺れているらしいのです。まったく、何事も、一概に、批評したりうらやましがったりはできないものだと考えさせられます。

きょうは、このへんで。さようなら。


一時帰国が近づくと、北京から日本へのおみやげの調達に忙しくなる。誰々にはこれ、それ、と箇条書きにして整理する。時にはリクエストを受けてまとめ買いをする。初めの頃は友誼商店（国営の外国人向け店舗）で調達していたが、観光客向けの中国土産では飽き足らなくなり、日本人が喜んでくれそうなものを捜す。〈ローヤルゼリー〉〈淡水真珠〉〈シルクの緞通《だんつう》〉……。日本が日照りのために米不足に陥った「平成の米騒動」の時期には〈カリフォルニア米（コシヒカリと同じ）〉をスーツケースに詰めた。

〈痩せる石けん〉という物が流行した。日本で人気が出て「本当に痩せる」という口コミが広がり、生産が追いつかなくなるほどだった。中国人はいぶかしがる。「日本人、いったいどうしたの」と真顔で不思議がられた。

北京国際空港で日本行きの飛行機に搭乗してシートベルトを締める。離陸までの待ち時間、機内モニターにはＮＨＫの〈おはよう日本〉の録画映像が流れる。「おはよう日本です」というアナウンサーの声を聞くと、ああ、もうここからが日本だ、と深い安堵感が全身を包む。〈おはよう日本〉は機中で慰められた特別な番組だった。

一時帰国の際は、所帯じみた用事に追われるばかりで慌ただしい。戻りの飛行機の便が決まっているのでメモを見ながら日程をこなしていく。

ある日、思いがけない感情がこみ上げたことがあった。

山手線の高田馬場駅に立っていた時、いきなり、このまま日本に居たいという思いがあふれて、涙腺が緩み、動けなくなった。正体不明の思いを抱いてかすんだ夕焼けを睨んでいた。

中国が好きで北京生活は楽しいはずなのに、なぜ。日頃の言動を裏切る感情で、戸惑った。え、私は北京に帰りたくないの？　このまま、日本に居たいの？　そんなはずは……。そのあとはわからない。ゆっくり考える暇もなく、北京に戻ってきた。

3、ニンクイシン

（九六年九月放送）

私は、外国人ばかりのアパートに住んでいます。敷地の中心にはホテルがあって、スポーツクラブや幼稚園、公園、レストランも揃っています。従業員は英語を用いています。日常のさまざまなお知らせの手紙や貼り紙はすべて英語で外国人に応対しています。ヨーロッパの人もアジアの人も、ここでの生活は母国語ではない英語が共通語ということになります。英語を巧みに話す中国人スタッフの制服の胸に着けてあるアルファベット表記の名札を見て、ちょっと興味をそそられました。

ある人は、中国名の発音を表す〈ピンイン〉をそのまますつけています。ローマ字読みをしてもその人の本来の名前の読みに近いです。ある人は、全く別の欧米風の名前をつけています。メアリーとかロバートとか、覚えやすく、英語圏のお客さんなら親しみを持てることでしょう。

香港の友人に、ウィニーやクリスティンがいますが、私は彼女たちの中国名はいまだに知りません。香港でイングリッシュネームを持つことが当たり前のように、北京の中国人も名前に関しては柔軟な考え方をしているようです。

日本学部の学生たちに、名前を日本式に読まれることについてどう思うかを尋ねたことがありました。私はできたら彼らの姓名を本来の発音に近づけて呼びたいと考えていたのです。しかし、返事は「日本風に読んでください」というものでした。日本のテレビが、モウタクトウとかコウタクミン、リホウと言うように、日本式の漢字の読み方をしてくださいと言うのです。日本語を学ぶ学生の向学心がそう言わせるのかもしれませんが、いつも少し抵抗を覚えながら、点呼している次第です。

では、私たち外国人の名前が中国に入ってくる場合はどういうことになるでしょうか。これがなかなかいろいろな問題をはらんでいます。

漢字の国に漢字の名前が入ってくると、当然のこととして中国語で読まれてしまいます。日本語の漢字と中国語の漢字とを分けて考えようとするのは、無駄な抵抗というものです。漢字を見られたら最後、田中さんはティエンチョン、大川さんはダーチュアン、と成り代わり、決して元に戻れません。「ギョエテとはおれのことかとゲーテ言い」という川柳に笑っても、自分のこととなると変な気持ちです。

名前がひらがな表記の人はもっと戸惑います。

外国人が中国に滞在する場合には〈居留証〉という身分証明書を発行してもらわなければなりませんが、これは何人《なんぴと》であっても、名前を漢字表記しなくてはいけないのです。そこで、ひらがなの、あゆみさんが「歩」という漢字を当てた場合、「ブー」と呼ばれることになるのです。ひかりさんは「光」を書くと「ゴアン」になってしまう。日本人の感覚の内側にある漢字は、この地にあっては、厳正なる中国語としてその音がかぶさってくる。あゆみさんが「アユミ」と呼ばれるためには、「阿有美」などの、音の近い漢字を万葉仮名のごとく並べるべきなのでしょう。なかなかそのへんの漢字の感じは、日本だけに住んでいてはわかりません。

意味においても、思いがけない事態が発生します。たとえば、花子さんは伝統的な日本人の名前ですが、文字通り「ホワズ」と読まれたら、乞食という意味が追いかけてきます。ハ、ナ、コの音に近い漢字から拾って三文字にするか、あるいは、中華の華に変えて表記するかして、なんとか自分の名前を落ち着かせるために工夫がいります。

漢字の意味の変化を気にするのは、中国人も同じようです。若い女性、馬嘉（マージア）さんは馬に喜びという美しい姓名なのですが、日本語を勉強するうちに、すっかり自分の名前の日本読みがいやになって、最近、麗しくて明るいという字の馬麗明（マーリーミン）という名前に変えてしまいました。自分の名前が汚い日本語「ばか」に通じることがわかったからです。日本語にはカタカナという便利な表記手段があるのですから、私は、馬嘉さんは「マージア」そのままでも良かったのに、と思いましたが、いかがでしょうか。

漢字圏以外の国の人々は、中国名を楽しんでいる様子です。アメリカ人のケビンは凱旋門の凱という漢字を使った〈凱文〉という表記にして「これは勝利の意味なんだ」と悦に入っています。ダンは〈白楽天〉という字を名刺に刷って「私は楽天家ですよ」と自慢気です。読みに近い音や好みの意味を持つ字を適当に選んで、中国名とするのですが、何もわからない初心者のためには、参考のために代表的なイングリッシュネームとチャイニーズネームの音の近い対照表が用意してあるそうで、さもありなんです。

ちょっと気になるのが、韓国人です。彼らはもともと漢字圏でありながら、今ではあまり漢字を用いません。韓国名の発音を英文表記するので、元の漢字はわからなくなるのですが、しかし、それを知る必要性はほとんどないのです。呼び合うのに不便はなく、かえってすっきりしていると思います。日本のメディアが、かつて韓国の要請を受けたことによって、韓国人の名前を日本風に読み替えずに発音通りにカタカナで伝えている現状は、もう目や耳に自然です。このたびのオリンピック（アトランタ）の報道も、私はアジアの選手の名前の伝え方が気になっていました。人の名前については、できるだけ本人の望むように口にするのが誠実な道筋のような気がします。

私は世界一有名な中国人、マオザドンの名を北京に来るまで知らなかったのです。英語にも中国語にも盛んに出てくるこの言葉を不思議なキーワードのように聞いていました。それもこれも、モウタクトウ（毛沢東）という日本読みと化した呼び名が日本中に氾濫して凝り固まっているせいです。

呼び名といえば、姓名の一体感が、日本人は希薄なようです。中国人は、姓名はいつも一緒、親が子を呼ぶ時でさえ、姓名で呼ぶことがあるのにはびっくりしました。姓名はいつも個人を表す分かちがたい二つの部分なのです。それは生まれた時から死ぬまで、その人一人を表すものという意味で、平等で強固です。男女の差もありません。婚姻の経過によって姓を左右される日本は、姓名のつながりやバランスが曖昧なのでしょうか。横文字にする時に姓名を引っくり返して名姓にしてみたり、いつも迷いがつきまとっています。

一人の人間として、どんな国の人とも自由に付き合いたいと思う時、お互いに親しく名前を呼び合うことから始まるのではないでしょうか。紙の上の文字の形よりも先に、直に交わす挨拶のほうが先です。相手が自分の名前を覚えてくれ、こちらも相手の名前を正しく口にできるということは、嬉しい第一歩ではないでしょうか。「ニンクイシン（您貴姓・お名前は？）」と尋ね合う時によぎるさまざまな思いは、いずれ日本に持ち帰って続きを考えたいと思います。

それでは、きょうは、このへんで。さようなら。

毎晩、息子に童話を読み聞かせていた。『日本のお話』や『世界のお話』などの本を読んで寝かしつける。つもりだったが、息子は寝ない。こちらが「おしまい」の直後に眠りの底に落ちて行くのに反して、息子は「もっと！」とせがむ。手持ちの本は読み尽くし、二巡目、三巡目、ついには、創作物語を語ることになる。

私が眠気に負けてふにゃふにゃになると、「巻き戻して！」という声が飛ぶ。私はテープレコーダーよろしく「巻き戻す」間に、次の展開を考える。創作物語はかなり支離滅裂、奇想天外だが、息子にはおもしろいらしく、頭をもたげたまま、寝ない。

彼は自分では絵本を読まない。私が読んでいる新聞や辞書を目の敵にして、飛び込んでくる。新聞の上に全身を預けて暴れる。辞書だろうが参考書だろうが、紙と文字を敵視して戦いを挑み、かじったり落書きしたりする。『日中辞典』にはその痕跡が生々しい。ページの所々にオレンジ色のボールペンが強い筆圧で渦を巻いている。「遊ぼう」と叫ぶ。私はあきらめて遊ぶ。怪獣歩きや鬼ごっこ……。抱いて「よしよし」するとトントンして」と言う。軽くトントントン、背中や胸を叩くと落ち着く。これで大丈夫かな。

もっといっぱい、遊んだり、トントンすればよかった。「遊ぼう」と駆け寄ってきた息子に「あとで」と言ってはいけなかった。「あとで」を聞いた瞬間に浮かべる落胆の表情を忘れることはできない。

北京から西方へ向かう国内線の飛行機から、美しい棚田を眺めた。くっきり整然と幾何学模様に作られた棚田が眼下に広がっていた。息子は飛行機に乗ると、いつも条件反射のようにすぐに眠ってしまう。夫は機内の飲食サービスを楽しんでいる。

私は眺望から目を離すことができなくて機内食を食べなかった。これほど広範囲に芸術的な棚田を見るのは初めてだ。すべて人の手で開墾されたもののはずだが、人家などの建造物を見つけられなかった。山の斜面を削って水平にした地面を段にする手順を想像する。溝を切って水を引き、作物を育て、収穫し、また植える。それを行う人はいったいどこに住んでいるのだろう。

眼下の眺めを目に焼き付けておかなければ、という一心で窓に張りついていた。

中国で興味をそそられることに遭遇すると、二度目はないという思いにかられる。

いつも、今しかない。

4、教えられること、教えること

（九六年十月放送）

北京で日本語を教える仕事を始めましたのは、去年の九月のことです。その時、息子は国際幼稚園に在園しており、今年の四月には、日本人学校に入学致しました。外国に暮らしながら、学校での学ぶ立場と教える立場との両方を体験することができ、いろいろなおもしろいことに気づきました。ささいなことばかりなのですが、それまで当たり前と信じていたことが、そうではないとわかると、急に目の前が広くなるような気がします。過去に日本から一歩も出たことがなかった私は、こちらに来て、小さなことにもいちいちびっくりしては唸《うな》っているのです。

幼稚園（キンダーガーデン）の先生方はアメリカ人でしたが、息子の算数や英語の答案に、マル（○）は一つもありませんでした。チェックマーク（✓）が並んでいるのを見て一瞬あわてましたが、よく見るとどうやらチェックマークは正しいことの印なのでした。正しいものにマルをするというのは、世界共通のやり方ではなく、もしかしたら、日本だけかもしれないと疑っています。中国でも、チェックマークは正しい、バツ（×）は正しくないという意味です。

一方、私が日本学部の教壇に立っている時は、つい、日本式のやり方をしてしまいます。横書きの日本語は書きにくいので、どうしても黒板に書く字は縦書きになってしまいます。日本の学校での授業と同じようにします。

テストの問題も、つい、日本のやり方になってしまいます。「正しいものにマルをつけなさい」という設問に対して、半分くらいの学生はチェックマークで答えてきます。ここは日本ではありませんよと私のほうが教えられているのです。学生の作文を添削する場合、感心した所にマルを、特に良い所に二重マルを、注意する所にチェックマークをつけましたところ、これらはどういう意味かと真顔で質問され、記号についての認識を新たにせざるを得ませんでした。

息子が日本人学校に入学してから、答案は赤いマルが賑やかにつくようになりました。ある時、身近な中国人が、その答案をしげしげと眺めて、これは何かと尋ねました。

ぐるぐるの渦巻きの外側の縁に花びらが並んでいるハナマルでした。

ほかにも、息子が日本人学校へ入ってから、戸惑ったことがあります。その一つは、名前を呼び捨てにしてはいけないという教えです。入学早々、担任の先生から、良いクラス作りをするために、お互いに「くん」や「ちゃん」をつけて呼びましょうというアドバイスがありました。日本ではいじめの事件など教育現場は問題を抱えています。そういうことが背景にあって、先生は子供たちが互いを尊重する第一歩を教えたいと思っていらっしゃるのだと思います。よく理解できます。

ところが、息子はキンダーガーデンの友達はすべて呼び捨てが当たり前でしたから、小学校に上がってからも、同じ幼稚園出身の友達はつい呼び捨てにします。先生にだけは「ミス」という尊称を付けていましたが、子供に尊称はありませんでした。中国人も欧米人も同様です。日本人以外では友達は誰でもファーストネームの呼び捨てで良いのです。うっかりその癖が出ると、教室でみんなに非難されるそうです。

私が教壇に立つ大学では、学籍簿は男女混合で単に登録順になっています。姓名を見ただけでは全く性別がわからないので、名前の横に「男」とか「女」とか書いてあることもあります。学校生活において、男か女かがわからないことで不都合が生じることはまずありません。どのクラスの学生かということだけで十分なのです。

こちらのやり方に慣れてきた頃、日本人学校の男女別、五十音順の日本式名簿を見て、私自身は長年この方式で育ってきたのだということを、改めて思い返しました。しかし、わざわざ男女に分け、さらに五十音順に並べるという面倒な方法に、どんな益があったのだろうと思うのですが、いかがでしょうか。

ところで、十月一日は国慶節でした。明け方の国旗掲揚の儀式には、北京市の小学一年生も参加したそうです。朝四時、真っ暗なうちに家を出るのは、小さい子にはちょっと辛かったでしょう。でも、こうした厳しい行事にも参加させることが、教育の第一歩だと考えられています。

北京の教育熱は、かつての日本のそれを凌《しの》ぎます。小一から毎日七時間授業で、下校は四時半です。時には、居残りもさせられて課題をこなさなければなりません。教師が学校のそばに住んでいる場合が多く、熱心なのです。

親を対象にした教育講座も月に一回あるそうです。良い教育とはいかなるものかを、学ぶのです。親たちは職場から仕事を抜けて聞きに行きます。

一年生から成績評価ははっきりと席次という形で表れます。ビリの五パーセントに入らないように、親も一生懸命です。中学受験、中学三年次での進級試験、大学受験と、次々に試験があります。良い学校に入るためには相対評価の上位でなければならず、また良い学校は学費もかさみます。親子共々、めざすものは一致しています。

知り合いの女性の娘さんは私の息子と同じ小学一年生ですが、その学校生活、勉強の量があまりにも違っていて、私は我が子が心配になるほどです。息子は帰宅すると、ランドセルを放り出して、すぐ公園に遊びに行って宿題もあとまわしで、日々過ごしていますが、通知表の評価はまだおおらかな二段階評価ですし、親のほうも危機感がなく「そのうちなんとかなるだろう」とごまかしている有様です。

まわりの中国人の子供たちのほうがよほどよく学び、また習い事にも熱心です。ピアノを習い、詩を暗誦し、書をたしなみ、外国語も早くから始めます。

そして、大学生になると、すぐに社会に役立つような勉強の仕方を要求されます。日本の大学生はあまり学校に来ないし、授業に出たとしても私語が多く、それが教師の悩みの種ですが、北京の大学生は非常に真面目だと思います。大部分を占める公費学生はもちろん、私費学生も同様です。特に、外国語系の学生はその能力がアルバイトに結びつき、就職先も多いので、やりがいがあるようです。「卒業するとすぐに大学教授よりも高給になる」と先生方が苦笑しておられました。

いわゆるダブルスクール族もいます。昼は日本語、夜は夜間大学で英語を学んでいる学生にも会いました。ただし、設備や図書が十分かというと、残念ながら、一部の学校を除いては、満足な状態とはいえません。

また、せっかく語学力があっても、外資系の学校に自由に入学することは許されていないそうです。「日本人学校には中国人も入学できるのですか」という問い合わせが時々あり、学校は受け容れようとしますが、当の中国人には北京市の許可がなかなか下りないという話です。日本人が日本にあるインターナショナルスクールに入るようなわけにはいかないのです。

そのあたりが、一口に「教育」といっても、その言葉の表す意味内容にお国柄が反映しているといえます。

最後に、私自身が中国人の先生に教えてもらっていたことを並べてみます。まず、中国語、中国画、書、それから、ピアノ、これは親子で習っています。最近、私は太極拳も始めました。先生方は根気よく教えてくださいます。按摩《あんま》の先生からは、足裏が全身と繋がっていることを教わりました。たいていの日本人は中国人に何かを習っています。民族楽器の二胡、篆刻《てんこく》、中医学、薬膳なども、教えてくださる先生を見つけると、情報を共有して輪が広がっていきます。中国では学ぶことが多すぎます。

きょうの時間はもうなくなりました。このへんで終えることにいたしましょう。さようなら、ごきげんよう。

日本人の集う写真をしげしげと見て、これはいったい何の合図かとKさんに訊かれた。日本人の多くは写真を撮るときに一斉に、中指と人差し指とをチョキの形に立てている。うむ、これは、改めて問われるとわからなくなる。ピースサイン？　Vサインか。勝利を表すVの形が喜びを表す合図になったのだろう。

Gラオシが、答案の正解を示す赤い丸印について、次のような仮説を立ててくれた。

中国では、新聞も公文書も書籍も、すべて横書きになっているが、唯一、縦書きが残っている分野が「書」の世界だ。丸印は書を習う時に先生が朱筆で評価してくれる印、これが日本には残っているのではないか、と言うのだ。なるほどそういうことかと膝を打った。

日本には、習慣や言語に、中国の古い形が温存されているから、中国人からすると、古代の中国を知る縁《よすが》になる、勉強になるそうだ。

日本人学校の行事に、国際交流試合があった。ドイツ人学校やロシア人学校が近くにある。同じ学年でのドッジボールなどの球技を体育館で行うのだが、その体格差に「これ、同じ学年？」という声が頻《しき》り、見るからに戦意喪失、と思いきや、小さな日本人の子供は善戦する。観戦中の保護者たちはお喋りしながら写真を撮ったり声援を送ったり……。

たまたま近くに立っていた人に声をかけられた。ロシア人学校の先生だ。「こんにちは」って、ロシア語でなんて言うのだっけ、出てこない。ロシア人先生は、英語で「子供たちは元気ですね」というような事を言った。私は必死に英語を繰り出そうとするが、脳内を外国語モードにすると中国語が混線する。日本語なまりの中国語的英語になってしまう。

息子の組は敗退しており、立ち話をするしかない時間なので、ここは逃げずにロシア文学に敬意を表したくなる。ドストエフスキーの『罪と罰』や『カラマーゾフの兄弟』、トルストイの『戦争と平和』『アンナ・カレーニナ』の名をあげて賞賛する。ロシア映画の豪華さも愛でる。こちらの不十分な英語をロシア人先生は想像力で補い、確かめるように正しく言い直してくれる。それで、会話はなんとか続けられた。

ロシア人先生は「プーシキンは読みましたか」と問うた。「いいえ、読んでいません。名前だけは知っているけれど」と答えると、首を振り、断言した。「プーシキンこそ、読まなくてはいけません」と。え、そうなの、こそ？　へえ、そうなんだ。では、ゴーゴリは？　芥川が影響を受けたゴーゴリのロシア国内での評価は？　『外套』とか、大好きなんですけど。英語がぐちゃぐちゃになってくる。少し込み入った内容は、言いたいことが表せない。

しまいに、ロシア人先生は笑い出した。「英語はどのくらい勉強したの？」「中高大と、八年くらいです」「ほう、八年も」……からかわれている。確かにそんなに長く学んできたのにろくにしゃべれていないではないか。ロシア人先生は外国語としての英語は学校で四年ほど学んだだけだそうだ。それなのに、この違いは何。結局、笑われて、おしまい。ただ、プーシキンこそを読めという宿題をもらっただけだった。

私の英語力は敗北したが、なんと、ドッジボールでは日本人学校一年一組Aチームが優勝した。学校新聞の大ニュースになった。

5、女・ことば

（九六年十一月放送）

北京に住む日本人の暮らし方はみな同じというわけではありませんが、ある共通の思いというのがあります。しばしば共感をもって言い合うのが「日本にいる時よりもはるかに気が楽、煩《わずら》わしくなくていい」というのです。「日本に帰ったら、いろいろと面倒くさい」というのに異論を挟む人はいません。

日本に比べたら物不足であるとか、娯楽がないとか、不便を強いられることは多い。

暮らしやすいとは言いがたいはずなのに、なぜ、私たちは北京生活を「気が楽で、いい」と感じているのでしょうか。

どうも、言葉の面から考えてみますと、その答がひそんでいるような気がします。まず、一つは、単に言葉が不自由であるということがあります。

私の周囲のほとんどの人は中国語を北京に住むようになってから学び始めています。言葉は滑らかには出てきません。意志を伝達するのに、身振り手振りから、筆記、しまいには相手を引っ張って行って全身で表現することになります。

これは、新鮮な体験です。日頃から、日本語の微妙な言い回しを使いこなすのに、大のおとなが神経を尖らせて、ようやく事を進めるというのが日本人だからです。対人関係に言葉の果たす役割は大きいと考えられています。挨拶ひとつとっても、相手との立場の違いや、状況や、話の内容によって、千差万別の表現をひねり出さなくてはなりません。おとなの社会人ならば、そうしたことができなければならないという暗黙のプレッシャーがあります。

外国に住む日本人は、そうした「常識」から一時《いっとき》解放されています。難しいやりととりよりも何よりも目の前の用件を伝えなければならない。言葉を飾る場合ではない、とにかく相手にこちらの真意をわかってもらいたいという一心で、向き合います。極めてシンプルな状況です。そして心が通じた時には、たぶん日本人同士では味わえない種類の喜びがあります。なんだか人間関係の原点に戻ったというか、大袈裟に言えばそういう感じ、お互い人間同士なのが嬉しいという気持ちです。

もう一つは、言語の特質から考えてみます。結論めいたことを先に申しますと、中国語や英語は日本語よりも人間関係を自由にしてくれるということが言えるのではないでしょうか。

中国語や英語は、伝達の手段としてのみ機能するという点で性差（男女の別）がありません。一般の使用言語に出てくる語彙《ごい》にも慣用表現にも、性差はみられません。男女はまったく同じ言葉を生活の道具として持っているのです。

一方、日本語はどうでしょうか。昭和時代ほどではないにしても、依然として女言葉、男言葉は生きていて、分別のある年齢になれば、伝統的な物言いに身を置いたほうがお互い落ち着くと感じます。女は女らしい言い方が好まれます。日本語は、伝達の手段としてだけではなく「らしさ」を演出する道具でもあります。「女らしさ」というと、敬語の多用、特有の語尾、高めで小さめの音調、など。こう並べていると、私自身の苦い思い出も蘇ってきました。私は声が低くてぶっきらぼうな言い方しかできないので、家に電話をかけてくる男性が「奥さんはいつも怒っている」と夫に言うそうで、それで夫は恥ずかしい思いをしたらしいです。そう言われてみると、電話口に出る女性の声はひときわ高く明るく丁寧であることが、望まれるようです。

日本では、女性の言語生活は男性よりもはるかに制約が多く、偏見に縛られているのです。逆手《さかて》にとって、それを利用する手合いもありますが、現代女性の多くは、日本語の性差別を煩わしく思っているのではないでしょうか。対人関係のわきまえは、男性に甘く、女性により厳しく要求されるのですから。

十代の人たちのように、男言葉を積極的に取り入れて「ぼくは」などと言いながら言語の試行錯誤をする場をすでに失っている三十代、四十代の女性たちは、自分の存在と「らしさ言葉」とのギャップにうすうす気づいていながら、どうすることもできないのです。

外国に来て、このような「言葉の呪縛」が取り払われた時、せいせいして、深呼吸を楽しみたくなるのも頷《うなず》けます。ものの考え方まで広々と制約のないものになっていくようです。中国語で少し話せるようになると、中国人女性のように気持ちも強くなるような気がしてくるから不思議です。中国語は声調（漢字の音調）をはっきり発音しないと通じないという特色も手伝って、大声で文句を言っている我が身にぎょっとします。

ところで、先日、北京の夕刊紙に「日本女性はスカートをはかなくなった。ズボンが主流になりつつある」という記事が出ていました。これは、先に日本の新聞で報じられた調査結果「パンツルックがスカートを抜いた」という記事の内容を受けてのことと思われます。渋谷や新宿での観察によるもので、若者の日常着の傾向として確かにあるでしょう。一概に、ヒトの中性化と相関関係があると言い切っていいのかどうかわかりませんが、風潮としては、日本女性はますます自由に活発に、男性はやさしくこぎれいになっていくようです。

北京に暮らす日本人の大半は日常的にズボンをはいています。私はクローゼットの中のスカートやワンピースの出番がなくて困るくらいでした。秋冬は防寒第一であることは言うまでもありませんが、春夏もカジュアルな格好を多くするのは、環境とのバランスを考慮したためでもありました。周囲の中国人のスタイルに倣います。でこぼこの道には華奢《きゃしゃ》なパンプスよりもスニーカーが適していますし、タクシーに白っぽい服で乗り込むのは勇気がいりました。座席に残飯が落ちているかもしれないし、何が起こるかわからない。遭難した時には逃げ出す心構えが要ったのです、去年までは。

北京の急速な変貌ぶりは女性の服装も大きく変えました。今現在、北京ではかつてないほどスカート姿が多いのです。ミニスカートにブーツでさっそうと長い髪をなびかせて闊歩する若い女性たち。一昔前には男も女も同じ服を着ていたというのに。服装の自由化は女性をセクシーに演出し、見る人を引きつける。おしゃれする中国人に感化されて外国人もまたドレッシーな服を引っぱり出しました。

同時に、実感することですが、商店やレストランの女性店員の愛想笑いが増えてきました。女性たちがにこやかにまるで日本女性のように客に応対するよう教育されていく。北京は良くなったと口々に言われますが、しかし、ちょっと尋ねたくなるのです。

中国人女性はどこに行くのでしょう。もし女らしくなり続けるとしたら、時にそれは彼女の世界を狭めることになりかねないのではないでしょうか。

私たちは日本を抜け出して自由になったような気がしている。北京の女性たちは欧米人や日本人の姿のように変身してそれからその先は？　彼女たちの本当の願望を聞いてみたいものです。

では、きょうはこのへんで。さようなら。


北京の急速な変貌ぶりは、少年の成長期にあるような痛みを伴う。公寓の近所に、建設中の建物がある。この辺りは空港に行きやすい道路に面しているので、新しいホテルが建つのかもしれない、賑わいが増すだろうと、楽しみに眺めていた。

ちょうどうちのバルコニーから道を隔ててよく見える。このバルコニー、入居時には洗濯物を干すためにあると思っていた。一度干して誤りに気づく。白い布が乾いた頃には灰色になる。黄砂や粉塵の風は洗濯物に合わない。すべて乾燥機か室内干しになった。バルコニーは天候を観察するためにあるのだ。

一向に工事が進まない。資材の運搬も人の出入りもない。一時的な休止にしては長い。変だな、不審に思ううちに噂が耳に入る。資金が続かなくなったためか、どういうわけか、中止になったらしい。もったいないな、高層ビルの図体は既にできあがっている。十数階建ての大きな骸骨《がいこつ》だ。外装、内装には手を着けていない。よく見えるだけに気になり、毎日の観察が習慣になってしまった。いつ再開するかわからない。

ある日の夕暮れ、上階の七階辺りにチラチラと光が見えた。誰もいないはずの部屋から明かりが漏れている。まさか、エレベーターも動いていない上階にわざわざ人が入るのは考えにくいが、階段はある。誰かの悪戯《いたずら》か、あるいは廃墟探検の肝試しか。それとも……驚いて右往左往しているうちに、光は消えていた。懐中電灯を手にした怪しい人々が車座になって何事かを相談している⁈ 事件だ。妄想がたくましくなる。

その後も時々、廃墟に灯る光が見えた。絶対におかしい。夫に話すと、夕陽の照り返しではないかとあっさりと片付けられた。

あのビルがどうなっているのか、わからない。

時計の進み方は世界共通ではないらしい。パール・バックの『大地』の世界はそれほど遠い昔のものではないことに気づく。北京駐在生活の長い人は「お年寄りに〈纏《てん》足《そく》〉の足を見せてもらったことがある」と言っていた。少し前まではそのような習慣が残っていたということだ。私は『大地』を十代の頃に読んで最大の教訓「土地は売ってはいけない！」という考えが身にしみて、今でも我が家の家訓にしている。

M・デュラスの『愛人／ラ・マン』に出てくる中国の富豪男性の立場は不思議だった。仏領インドシナを舞台に、阿片中毒者の姿と共に中国の富裕層の存在が貧しいフランス人少女を呑み込み消していく。デュラスの実体験だ。

四千年の歴史から観ると、これらの出来事は最近のできごとと言ってもよいくらいだ。

6、冬の歳時記

（九六年十二月放送）

十二月の北京、大きな商店やホテルでは、クリスマスリースやツリーが華やかに歳末の雰囲気を演出しています。クリスマスカラーに彩られたロビーに居ると、ホテルは世界中どこに行っても同じなのかなあと感じます。すっかり小さくなった地球上の冬の行事は国境など越えて、同じような光景を生み出しているのでしょう。

でも、それぞれのお国柄を反映して、一見同じように見えるものの背後から別の姿が透けています。

日本におけるいわゆるカタカナ行事、欧米から入ってきた行事は、かなりコマーシャリズムの影響を受けて演出されてきたと言ってもいいのではないでしょうか。クリスマスもバレンタインデーも、人々は由来に頓着しないで、お祭り騒ぎの商戦に乗っかって楽しんでいます。

アメリカ人の友人が、日本人がクリスマスになぜかデコレーションケーキを食べることと、バレンタインデーにチョコレートをこぞって贈ることとが納得できなくてショックを受けたと話していました。彼に言わせると、クリスマスは静かに過ごすもの、そして年の改まる前後は大いに賑やかに騒いで祝うのだそうです。

私たちは反対で、クリスマスはなるべく一人でいたくない、気の合った仲間で思い切り楽しみたい、そして、新年は打って変わって、家庭的に静かにちょっと敬虔《けいけん》な気分で迎えるというような感覚を持っています。

北京の人はどうでしょうか。中国人にとって最大の年中行事は春節であることは言うまでもありません。旧暦の正月、二月の初め頃です。クリスマスの前からもう「春節の休みはどうする」といった会話が始まっています。地方出身者は帰省して郷里で過ごすというのも多いようです。知り合いのタクシー運転手さんが言っていました。冬のタクシー事情があまり良くないのは、出稼ぎの人たちが浮き足立って帰郷してしまうから、だそうです。

外国から中国に入ってきた行事は、先ほど言ったように、形の上では年々浸透してきているように見えます。最近もらった中国製のカレンダーにも、クリスマスは〈聖誕節〉、バレンタインデーは〈情人節〉としてちゃんと書いてあります。しかし、外国人相手のサービス業に関連する場所以外にはそれらが根付いているとはいえませんし、無節操に外来文化を取り込むことへの抵抗感もあって、暮らしになじまないよそよそしい形で存在しています。

アメリカ人が小声で「中国人からカードをもらったことがある?」と訊いてきました。

はい、私も何人かの中国人からクリスマスカードを渡されたことがあります。図柄も文字も完璧なカードなのですが、それはセロファンの袋に覆われたままで封筒は後ろに控えたまま、売っている時の状態で、もちろん送り主のサインもメッセージも一切書いていない、新品なのです。戸惑いました。どういう意味だろう。これを使いなさいという意味なのでしょうか。でも、せっかく頂いたカードをすぐ別人への用途に回すのも憚られ、結局、その年は部屋の装飾として眺めることになります。

アメリカ人の戸惑いと私の戸惑いは同じ質のものではありません。日本人である私はアジアの一員としてやはり未だにカタカナ行事への理解は浅く、暖炉も煙突もない畳の部屋にサンタさんがどうやって来るのかは知らないけれど、嬉しいことに毎年プレゼントをもらい、ケーキを食べて、クリスマスツリーには七夕の飾り付けのように願い事でも書いてぶら下げたくなる、そんなわけのわからない行事を物心ついた時からやってきたのです。

クリスマスほど年季が入っていませんが、近年では、バレンタインデーが強迫的にチョコレートの消費を煽り、小学生の生活にまでしっかり入り込んで、ついにはノイローゼになる子も出て、学校がプレゼント持参を禁止するというようなことにもなりました。中国語の「情人節」のほうがまだお菓子メーカーの陰謀がないだけに趣きがあるような気がしてきます。

中国は決して外来文化の摂取に性急にならず、ゆっくりと慎重にカレンダーの上に増やしていくというやり方をしており、コマーシャリズムに流されやすいという私の弱点を反省させてくれます。

さて、もし純和風のお正月に愛着を捨てきれない日本人が北京で年末年始を過ごすとすると、まことに物足りなく、切なく、郷愁にかられることでしょう。お歳暮商戦に巻き込まれることなく、大掃除にせっつかれることもなく、おせち料理の材料は揃わず、しめ飾りも門松も調達できず、年賀状の束は届かず、どこに初詣に行ったらいいのか見当もつかず、和服の出番はなし、お年玉をあげるあてもなし、しまいには、日本人同士でさえ、新年の挨拶をし忘れてしまうというお正月、いかがですか。休みは元旦だけで、年明けの二日から仕事があります。三が日に働くという希有な体験に悲壮感を漂わせながら、日本人の〈最後の砦〉風の国民的イベントから外れているという、悲しいのか嬉しいのかはっきりしない状態、もしほんの少しでもこの疎外感を喜ばしく思えるとしたら、それはしがらみからの解放でもあり、身軽で自由でいいと思えるからです。

もともと和風であることとの源流は中国文化からだし、戦後生まれの私にとっては体の芯まで染みこんだナショナリズムというのが見当たらないのです。生半可でも洋風の暮らし方をごく自然に取り入れており、このような日本人にとっては和洋折衷であることが一番日本らしいのではないでしょうか。浮き草のように地球の上を漂う快感に魅せられてしまいます。クリスマスも正月も春節も適当にアレンジして一緒に楽しみたいと思います。

息子の通った国際幼稚園のクリスマス行事は日本のそれよりもはるかに宗教色が強くて印象的でした。キリストの降誕劇を舞台で演じていました。日本人の子供たちはサンタさんの膝の上で記念撮影をしたくて並んでいましたが、一部の国の子供たちはその日は初めから欠席しました。宗教が異なるからです。仲良しのバングラデシュの子も休みました。節目節目でそうした厳格さを表明する国民性は日本人には遠いもののようです。

中国人はどうでしょうか。少なくとも私の周りの中国人は親日的で友情を発揮してくれますが、時々過剰な日本理解に戸惑わされます。

正月は日本人にとって最重要であるからといって、十二月の下旬頃から「おめでとうございます！」と相次いで挨拶されると、返事に困ります。「その挨拶は年明けから」と言うと、「もうすぐ来るのですから」とにこにこしています。そういえば、年末のグリーティングカードはクリスマスとニューイヤーとを兼ねていますよね。対して、日本の年賀状は絶対に、年内に配達してしまうという失態は許されない。こればかりは厳格で、元旦に配達されるよう、せめて三が日に届くよう、郵便局も国民も頑張ります。

中国人に、もうすぐお正月だからおめでとうと言われると、初め違和感があるけれど、ま、それでもいいかという気になって、私も一月末に春節が近づいたら中国語で「おめでとう」と言っていいのだと認識を新たにしたりしています。

中国からアメリカに行く留学生は年間約四万人、日本に留学する人は約二万四千人だそうです。それぞれの滞在地で、春節を祝う中国人の姿は、どんな場所にも出現するサンタクロースの姿と重なって興味深いです。この先、異文化の交流がどのように冬の歳時記を変えていくのか、楽しみに思います。

では、きょうはこのへんで。皆様、良いお年をお迎えください。

公寓のオフィスからのレターはほとんどが事務連絡だが、秋には〈ハロウィン〉に参加するかどうかのアンケートが入る。何が起こるのかよくわからないが、好奇心から「参加する」ほうにチェックをしてみた。

すると、十月末日の午後には、頻繁にドアのチャイムが鳴る。開けると、扮装した子供たちが何やら呪文を唱えて手を出している。用意していたキャンディやクッキーなどを盛ったお盆を見せると、一つ二つではなく、大づかみで持って行く。「一人一つよ」と日本語で制止しても無駄だ。しまった、個包装にしておくべきだった。公園には、血だらけの包帯をした子供たちが遊んでいる。ただの扮装とは知らず「あんなにケガをして」と心配してしまった。

翌年は一人分ごとに小さくまとめてラッピングをしたものを渡した。

その翌年は「参加しない」ほうにチェックした。チャイムは鳴らなくなった。日本人会の広報紙〈日本人会だより〉にはアーティストの北京公演の情報も載っている。ピアニストの加古隆さんのリサイタルに出かけた。コンサート会場はシンプル、舞台にはグランドピアノが一台置いてあるだけ、トークも何もない演奏会だ。会場は満席、こんなにピアノファンが多いのかとまず驚いた。演奏は粛々と進み、プログラム終了、拍手と音色の余韻をまとってホワイエに出る。

本当に驚いたのはここからだった。押し出されたホワイエにはぎっしりと中国人が出ていいて薄暗い。電灯を遮るほどの群衆に、私は兵馬俑坑（秦の始皇帝陵）に迷い込んで埋まってしまったのかと思った。平均身長百八十センチ以上の男の大群、紀元前の古代中国の光景は絵空事ではなかった。

（九七年一月放送）

7、日本語としての「文学」

私の担当している日本学部の学生は、主に三、四年生です。四年生ともなると、日常会話はほぼ問題はなく、日本に関するかなりの事情通となっているのですが、一番ひっかかるのが、外来語と擬態語です。

現代日本語にはカタカナが氾濫していて、増加する一方です。手元の国語辞典で補いきれないものも多くなっています。和製英語や無節操に使われる外来語をカタカナ表記の日本語として次々に覚えていかなければならない学生に同情します。そういうことがどこまで必要なことなのか疑いたくもなります。また、それ以上に、擬態語も難しく「ガバッと起きる」ってどうやって起きるんですか、とか、「ブラリと垂れる」とはどういう状態をいうのですか、といった類いの質問は絶えません。

中国の学生にとっては、むしろ漢語の多い純文学作品のほうが理解しやすいようです。昨年度は、授業で、谷崎潤一郎の随筆『陰翳礼讃』を読みました。一見難解そうなこの作品は、カタカナやひらがなの多い最近のエッセイよりも、はるかに学生の興味を引き、理解が深いのに感心しました。

谷崎の漆器に対する美意識は日本的な感覚を代表するものです。日本人なら誰しも吸い物椀を手にした時の感覚に覚えがあります。欧米人の理解の届かない静謐《せいひつ》な食の空間を日常において体験できます。

しかし、このような極めて日本独特と思われるものも、源をたどればその流れの多くは中国に遡ることができるのです。日頃は忘れていますが、日本的なもののほとんどは中国人の生活の背後にかつて存在したものだと言えます。漆器は現在、中華料理の食卓にのぼることはありませんが、先史時代から愛用されてきました。漆塗りの茶器や椀が工芸品として売られています。だから、漆器というと中国人は当然中国の漆器を思い浮かべます。両国の漆器を見比べると、似て非なるもので、今日の日本の漆器がいかに独自の技術と美意識で洗練されてきたかが歴然とわかるでしょう。「漆器なら家にあります」という学生には実際に日本の物を見せなければいけないわけです。作品の読みまでその時点で変わってしまいます。

谷崎潤一郎の闇への執着、文中に言及している夏目漱石の羊羹の色合いへの賛辞、これは『草枕』という小説に出てくるのですが、これら周辺の参考資料も合わせて学びます。日本語のテキストとして『陰翳礼讃』を読む学生の目は、語を一句一句とらえることに巧みであり、自然でした。『草枕』にある次の文「青磁の皿に盛られた青い煉羊羹は、青磁のなかから今生れたようにつやつやして、思わず手を出して撫でて見たくなる」という主人公の審美眼は元来中国のものでした。外国人に日本独特の何ものかを教えるのだと気負っていた新米教師にとってはまさに肩透かし、逆に、いかに日本文学が中国文化の落とし子であって真に日本独自のものが少ないかを、教えられることになりました。

だからこそ、中国と日本の相互理解は容易ではないのかもしれません。落とし穴があるのです。漆器も陶磁器も茶道の何たるかも、「知っている」と見なすことで、その先が見えにくくなるのではないでしょうか。

次に、芥川龍之介の『蜘蛛の糸』を取り上げて読みました。芥川は、夏目漱石、谷崎潤一郎、川端康成に負けず劣らず学生に読まれています。語学のテキストとしては易しいほうで、普通、三年生までに扱っています。『蜘蛛の糸』のテーマは、中国人にはどう映るのでしょうか。

私の関心は、芥川の提示するテーマが、現代中国とどう呼応するかということにありました。一般に、中国の青少年は、正論正義のかたまりと化す教育を受けています。

愛国の徒となることに疑問はなく、国の将来を担うべく希望に燃えているように見えます。作文を書かせると、善行の例を挙げて「このように、私ももっと努力しなければならない」というような表現で締めくくるパターンが多い。実際に態度にも表れており、日本のあまり行儀の良いとは言えない教室の風景しか知らない私などは、礼節正しい学生に、当初感激して、単純に嬉しがっていました。

しかし、作品の読み方としては見過ごしてはいられません。主人公、カンダタの性状は「悪」に尽きるのだろうか。とすると、お釈迦様の下す「勧善懲悪」の構図は確として揺るがず、そこから一歩も出ない読みで終わってしまう。芥川の世界が子供の読み物としてかたづけられてしまう。

だいたい、芥川は、なぜ、日本であまり読まれなくなったのでしょう。幸い、現在、新規の全集が刊行中で、読み直す機会を与えられていますが、私の子供の頃は芥川の小説は決まって国語の教科書に載っていました。日本人なら皆、芥川を知っていました。今では影が薄くなっています。日本人の価値観が多様化して、芥川への評価も一様ではなくなっているように、中国人の芥川の読みにも変化があるはずだと思います。

中国は、特に北京は急速に街のたたずまいも生活様式も変化しています。同時に、人の装いも人情も考え方も変化しているように見えます。物が豊富になり、娯楽も増えました。

その変化の激しさはちょっと現実味を欠くほどで、もしかしたら、折り紙のだまし船の帆先を折り返すように、別の方面からの力を加えると、元通りということもあり得ないことではあるまいなどと疑いたくなるほどです。そんな中で貧富の差が拡大し、射幸心も顕わになっていく。若い人の願望は大きな祖国の山に登って見晴らしの良い所に出たい、中国に足をつけたまま、遠くを望みたいというようなことでしょうか。

漠然としていますが、外国語を学ぶ学生に共通する外の世界への憧れは当然、具体的な経済的な欲求となって表れます。教室で読む文学作品の読みに、若い中国人が新しい視点を与えてくれないかと、ひそかに期待してしまうのですが、そう簡単に芥川論は進展しないでしょうか。

『蜘蛛の糸』のカンダタのまことに人間らしい愚かさ、それに対するお釈迦様のきびしい態度、……芥川は何を言いたかったのだろうと改めて考えました。

別の作品『羅生門』における下人の心境の変化、老婆の下人に対する強いまなざし、……あるいは、『芋粥』における主人公五位のどこまでも惨めな描写、五位に対する利仁の最後まで保つ強大な立場と心持ち、……。思えば、再考の余地のあるものばかりのような気がしてきました。

中国人の学生と共に日本文学を読み、新しく考えるというのは私にとって非常に幸せなことです。彼らによって、日本にいてはわからなかったかもしれない読み方を示唆されることを心から願っています。一つの文学作品の前で、学生と同じ高さで新鮮な気持ちでいられることを、謙虚に楽しみたいと思っています。

では、きょうはこのへんで、再見。

芥川の『トロッコ』は意外にも学生に不評だった。子供の読み物としか思えない、勉強にならないという感想だった。夕暮れの不安な心境への共感は得られなかった。「(評論文に)外来語は多いけど、いやではない。日本語を学びながら英語の勉強にもなり、一石二鳥です」という学生がいてほっとする。外来語よりもオノマトペのほうがくせ者なのだ。説明も難しくて、実際の例示しかない。

ひとつ、今からでも質問してくれた学生に謝りたいと焦る言葉がある。

授業の後にわざわざ来た女子学生が真剣な顔で尋ねた。「マウスとは、何ですか」私は「ネズミ」と言ってしまった。ごめんなさい！　大間違い。彼女は首をかしげて「机の上にいる、使うものなんですけど」と納得できない表情だ。私はわからなくて、彼女の欲しい正解に到達できなかった。急速に普及したコンピューターの用語が生活に入ってきた。パソコン、マウス！　今なら何でもない日本語なのに、当時は認識不足で、教えられなかった不明を恥じている。

日本から加藤周一さんが来られたことがあった。著作では馴染みがあるが、直にお声を聴くことができるチャンス、公開講座に私も聴衆として参加した。白髪の加藤周一さんは外国での講演に慣れておられる様子で活動的なジーンズ姿だ。六十ほどの座席しかない教室は立ち見で満員、廊下にまで聴衆があふれていた。時々黒板にチョークで字や図を書きながら日本文化論を展開した。質疑応答の時間になると、一斉に手が挙がる。経済分野の問いが多い。加藤さんはひとつひとつの質問に丁寧に応えていく。単なる事典的回答ではなくて、質問のキーワードに触発された新たな議論を展開していくのだ。一つの問題を考えるのに欠かせない時間の縦糸と相互関連の横糸がしっかり編み込まれた話、豊かな森の中で発見を続けながら行く旅人のような充実感があった。挙手が尽きない中国人の知的に真摯な姿に熱くなった。

熱を帯びたまま教室を出て、つい、議論の続きのようにそばを歩く見知らぬ若者たちに話しかけた。彼らも私と同じような気分でいる。それで雑談のついでに軽く「自由の定義は何だと思いますか」と言ってしまった。彼らは弾けるように私から離れ、走り去った。ひとり取り残された私はわけがわからず、呆然となった。

8、アメリカの中国

（九七年二月）

二月も下旬になると、春節のお楽しみも終わり、学校や仕事が始まります。「休暇はあっという間に過ぎてしまったね」というのが、この頃の挨拶の常套句です。

我々も中国の暦の恩恵にあずかって、まとまった休みがありました。一ヶ月遅れのお正月の挨拶に一時帰国した人、観光旅行をした人、北京に残ってビデオ三昧、ホテル巡りを楽しんだ人、さまざまです。休みはどうだった、という話があちこちで弾んでいます。

大手の航空会社は、北京に住む日本人のために、春節の季節限定のお得なツアーをあれこれ売り出しています。それで、北京から、オーストラリア、タイ、ハワイ、アメリカ本土などに飛ぶ人が多いようです。駐在生活の長い人は、毎年、これらをこなしていって一巡し、もう二回目という人もいます。

私もこれまで、ヨーロッパやタイなどに行きましたが、今回は、アメリカのオーランドとニューヨークに行きました。

なぜ旅行の話を持ち出したかというと、旅先では、中国のことを考えずにはいられないからです。世界中、どこに行っても中国がある。中国人がいる。漢字の看板を掲げ、中国語を話す人が、タイやシンガポールはもちろん、ロンドンにもニューヨークにも、しっかり根を下ろして生活している。この現実をあらためて目の当たりにすると、自称〈北京市民〉の私には、今更のように、思うところがあります。

ロンドンではガイドさんから「この地で一番おいしい料理は中華です」と聞くと、「当然よね、中華料理は世界一」と胸を張りたくなりましたし、ニューヨークでチャイナタウンに案内されると、思わず朋友に対するように中国語を口にしてしまいます。ガイドさんが「今年の春節は物足りないものでした。ニューヨークでは今年から爆竹が禁止になったからです」と説明していました。世界中のチャイナタウンで爆竹を鳴らして春節を賑やかに祝ってきたのだなあと、あらためて中国人の気持ちを思いました。

このような私の感じ方は素人っぽいというか、幼稚だと揶揄されてもしかたありません。なにしろ中国人だといっても、注意して見ると、広東語を話す香港の人だったり、普通語であっても、それは大陸ではなくて台湾の人だったりして、背景はまちまちなのです。

しかし、ニューヨークのような大都市における「アジア」の顔は「欧米」に対する「アジア」という大雑把な区別でしか表れていないようでした。客の九割が白人だったフロリダの避寒地からニューヨークに来て、一番印象的だったのが「なんと白人が少ないことよ」という点でした。

暖かいフロリダ半島にあるオーランドは、ディズニーワールドの地として、世界から人が集まります。ディズニーは楽しいけれど、たいして新鮮ではありません。東京ディズニーランドがあるから？　いいえ、私たちが北京の住人であるからです。北京には、ディズニー製品が東京よりも豊富という感じがします。北京のディズニーショップには日本で買うよりも安くて、品質に遜色のない商品が溢れています。本場オーランドのディズニーグッズをよく見ますと、やっぱり、これもあれも〈メイドインチャイナ〉です。買い物をねだる子供に、つい、北京に帰ったら買ってあげる、とブレーキをかけることになってしまいました。

ディズニーワールドの遊覧船で、興にのったガイドさんが客に一人ずつ、どこから来たかを言わせていましたが、半分がヨーロッパ、あとはアメリカ国内各地から、アジア人は我々の家族だけでした。

それが、ニューヨークでは打って変わって、空港からホテルまでのタクシーの運転手がインド人だったのを皮切りに、マンハッタンを歩く人、働いている人の多くはアジアの顔でした。

中国人なのか、韓国人なのか、日本人なのか、私にはよくわかりませんでした。ましてや、何系の中国人かなどという区別はつきませんし、そんな区分をして何になるだろうと思ってしまいます。

メイドインチャイナのパワーは忘れてはなりません。スーパーマーケットで売られている実用衣料の多くが中国製だったことには目を見張りました。

最後に、極めつけはメトロポリタン美術館です。ここには、ヨーロッパの逸品が豊富ですが、日本の芸術品も多く展示されていると聞いて楽しみにしていました。

ヨーロッパのものは非常に多様なので、時代別、地域別に部屋が分かれていますが、アジアのものは「Asian Art」として、一括りです。

アジアの展示室に入った時、私の頭は混乱してしまいました。中国と日本と韓国、南アジア、東アジアのものは、同じフロアです。時間の横割りとジャンルの縦割りとで区分されているはず、そう信じて英文表示にことごとく目を凝らして見るのですが、現在の国家名による表示はありません。だから、よく説明を読まないと、インドの仏像か中国の仏像か見分けられなかったし、中国画と日本画の識別も難しかったです。英語の「Sung」が中国の「宋」代で、「Han」が中国の「漢」で、「Heian」が日本の「平安」時代であることに慣れるまでには、頭のチャンネルを切り替える必要がありました。東洋史の知識を総動員して、やっと、芸術品には現在の国名表示はナンセンスということを納得しました。アジア室で国家名を求めて右往左往したのはまったく私の美術史に対する教養不足であることを認めます。そこでは、なにより、世界の中のアジアという地域の緊密さを物語っていました。世界の中で、アジアは、やはりアジアという歴史的にも裏付けのある一つの文化圏でしかないのです。

以前、北京の社会科学者が「西洋文明原理を取り替える新しい文明原理を創造しなければならない。その新しい文明原理の創造には中日両国の相互理解および刺激は欠かせない」というような表現で論じているのを読んで、大袈裟な物言いだなあと思ったことがありましたが、このような視点も捨てたものではないと考え直しました。

というわけで、時差ぼけの頭で、とりとめのない大雑把な感想を申し述べましたが、これも、北京に住んでいるからこそ得られたのではないかと思います。アメリカから日本ではなく中国に帰ってきた日本人ならではの収穫ではなかったかと思います。それでは、きょうは、さようなら。

一九九七年二月に鄧小平氏が亡くなった。そのため、ラジオ番組は変更になり、この回は予定通りには放送されなかった。

一九七八年秋に来日した鄧小平氏が、東海道新幹線の車窓の向こうに流れる景色を眺めて「あれは農民の宿舎ですか」と集合住宅を指して問うていた。ニュース映像に覚えがある。「いいえ、市民の住宅です」とやや戸惑った応え。通訳を介した会話なのでニュアンスは正確ではないが親しみを覚える姿だった。〈日中平和友好条約〉が発効した。鄧小平氏は厳めしい権力者というよりも、改革開放を進める友好的な人柄で将来に光を感じた。この先、中国はどんなふうに変わっていくのだろう。

日本では小説『大地の子』（山崎豊子）がテレビドラマになっていた。録画を北京で観る機会があった。作品の背景は少し前の中国だが今に重なり、地名や中国語の響きは他人の世界ではなくなっていた。現実に残留孤児の問題は終わっていない。主人公は長江を下る船上で「私は大地の子です」と言った。別の場面で鮮明に覚えている声がある。主人公を育てた中国人養父が実父である日本人を見送る際に「サヨナラ」と言ったのだ。突然の日本語に育ての親の気持ちが入っていて忘れがたいシーンになった。その養父役を演じた俳優さんが日本人会の餅つき大会に来ていた。

日本で流行っていることは北京でも流行る。子供たちは〈たまごっち〉を日本で買ってもらうことを楽しみにしている。一時帰国の買い物メモの筆頭になった。

日本のデパートでは家族三人の関心事はまちまち、浮かれてばらばらになりやすい。気がついたら、息子の姿がない。日本だからあまり心配はないのだろうが、広くてなかなか見つからない。焦りだした頃、呼び出しのアナウンスが耳に入った。「お子様がお待ちです」と親の住所と名前が呼ばれている。あわてて「お待ち」の場所に駆けつけると、息子が二人の店員を左右に従えるように立っている。迷子になっていたのは親のほうだったらしい。嬉しくなって手をつなごうとしたら、息子は泣き出した。ゴメンねと謝りながらも、それにしても知恵を働かせて親を呼び出すことにしたとは、エライ！　見直した。息子の武勇伝になった。

9、再見、北京の春

（九七年三月放送）

春というと、どんなイメージをお持ちでしょうか。私たちがまず連想するのは、桜の花でしょうか。毎日の開花予報、お花見の賑わいなどは、日本の愛すべき春の風物詩です。

年度の変わり目として、卒業、入学、就職、あるいは、転勤など、日本中の様々な場面で、ドラマチックな思いを抱いて、移り変わる季節でもあります。

厳しい寒さのあとに来る晴れ晴れとした季節は、人生の節目でちょっと傷ついた人の心をも癒やしてくれます。生物としての、本来の活力が体の底から湧いてくるような、そんな力強い嬉しさがあります。

北京に住んでいても、梢の芽のふくらみを見るたびに、桜の花びらに煙る日本の空を思い出します。北京に、花見の名所となるような桜は多くはありませんが、あちらこちらの樹木が内側からふくらんできていて、柳絮《りゅうじょ》の舞い飛ぶ、北京らしい春の風景を、待ち遠しく思います。

教室の中にまで、ぼたん雪のような綿毛、柳絮が自由気ままないたずらっ子みたいに飛び込んでくるのを見るのは、本当に風情があります。授業の流れを脱線して、学生と雑談を楽しみたくなります。

中国の年度は、九月始まりですので、春に対する思い入れは、日本人のそれとは違うかもしれません。初夏の年度末をめざして、仕事も勉強も一番充実させるべき時期なのです。大学四年生は、卒業論文の執筆と、就職活動とに追われて、もっとも忙しい時期でしょう。四年生のクラスは、リクルートルックと呼びたくなるようないつもとちょっと違った服装の学生が、面接情報などを交換しています。

卒業論文といえば、ある学生は「日本の家庭教育について」というテーマを選びました。私はこのテーマを見て、うまく書けば日本の「今」が浮き彫りになるかもしれないと思いました。日本の家庭における母と子の密着ぶりは、特筆に値すると思います。豊かな経済のもとに、専業主婦として一日中、夫と子供のことを考えていられる女性たちが多い。何よりも母であることのウェートが高く、教育という名のもとに様々な影響を子供たちに与えています。同時に、母であることの圧が、枷《かせ》が、女性にかかっています。

北京にいる駐在員の妻たちは、通常、外の仕事はありませんから、専任の教育係として育児に熱を上げており、圧倒されるほどです。将来、帰国子女としてのハンディを負わないようにという配慮と、学費の安い北京にいるうちにたくさんのことを学ばせたいという欲求と、それから、狭いコミュニティの中で一部の人の猛烈な教育熱に感化されてしまうのと、治安上、外遊びがままならないし、娯楽も少ないという条件も重なって、その結果、子供たちは過密スケジュールで習い事をしています。

学校が終わると、塾の時間割を縫うようにして、スポーツクラブでスイミングは当たり前、英語も一般的、バレエレッスン、絵画、歌、楽器、習字、クッキング……と、まあ、こんなにたくさんできるのは、北京にいるからでしょうね、日本では遊んでしまうでしょうね、と言いますと、一斉に否定されました。「日本ではもっとすごいわよ、日本人学校の子供たちは甘いわよ！」という大合唱でした。私は最近の日本の小学生の生活には疎《うと》いのですが、いかがでしょうか。

北京日本人学校の子供たちは、小一から中三まで九学年全部合わせても四百名に満たない、校内の雰囲気はゆったりのんびりしているようです。

この季節は、先生がたの送別会、父の、母の、子供の送別会が連日、あちこちで開かれています。日本の文部省から派遣されている教師は三年ごとに入れ替わり立ち替わり、異動します。生徒児童は毎月のように転入転出が頻繁で、特に年度末は二桁台です。第三国への赴任も少なくありません。本帰国する子供の心は、噂に聞く日本の学校への不安と期待でいっぱいになっています。

ところで、先日、北京日本人学校の開校二十周年の記念行事がありました。新たに校舎が増築された竣工祝も兼ねて、大使館や商工会議所、中国政府の関係者の方々などのお客様を学校に招いて、お披露目をしました。

その時に、全校生徒が校歌を歌い、続いて、中国の歌「ダーハイ・ア・クーシャン（大海啊故郷）」を中国語で歌いました。大きい海、と書く「ダーハイ（大海）」です。この海は私のふるさと、私は海に生まれ、海に育った、という内容の有名な歌です。この歌は、中国人の間ではもちろん、日本でも、中国に関係のある人々に愛され、歌い継がれてきた曲だそうです。周りの中国人の話によると、学校で習ったことがあるとか、よくはわからないが子供の頃に習い覚えて知っているとか、そんな歌です。「大海」とはどこの海でしょうか。私たちにとっては、大陸と日本とをつなぐ海のような気がしてなりません。

私は、小学一年生の息子が、学校からこの楽譜を持って帰って歌っているのを見て、たいへんびっくりしました。なぜかというと、この歌は、満州時代の大連で生まれ育った私の母が、現在、大連の女学校の同窓会で歌うために持っていた楽譜と、同じだったからです。

本当に多くの人たちに長く愛されてきたのだなあと、不思議な気持ちになりました。一つの歌が、海を越えて、世代を超えて、今、歌われているのです。

日本の皆様にも、北京からのラジオを通じて、聞いていただきたいと思います。録音状態が良くないのが残念ですが、北京日本人学校の子供たちが一所懸命、中国語で歌った「大海啊故郷」をお聴きいただきながら、お別れいたします。

周年行事は鄧小平氏の逝去に配慮して二月から三月にずれ込んでいた。会場で北京の児童が歌った曲と、一九二八年生まれの母が歌った曲が同じという事実には驚きを通り越して、厳粛な気持ちにもなる。

終戦まで大連で過ごした母は、しばしば彼の地の暮らしを話題にしていた。これらの記憶を聞き捨てにしてはいけないと常々感じていた。貴重な記憶を書き残すことができたら、という思いが膨らむ。中国の懐の深さは時間を縮め、北京も大連も収めてしまう。

本帰国

一九九七年三月末、私たち家族は北京を後にした。

親しくなった人たちともう生涯二度と会えないかもしれないと思うと、なごり惜しくて涙が止まらなかった。

Gラオシは、中国語テキストの最終章の内容がちょうど空港での別れのシーンだったので、「ついにここまで来た。わたしたちと同じ場面ね」と終わらせ、本を閉じた。

最初のアーイー、Tさんは中医の威厳を身につけてわざわざ訪れ、私の脈を診てくれた。そして、息子には大きな機関銃のおもちゃをくれた。引き金を引くと、英語で「ぶっ放すぞ」と叫ぶ声と共に銃声が鳴り響く。あくまで息子はタオチーな子、似合うと思ったのだろう。

最後のアーイー、Kさんは、息子に付きっきりで退去時まで手伝いをしてくれた。ピアノの先生は、餞別に楽譜をくださった。「これはあなたに良い」とおっしゃったのはグリーグの抒情小曲集三冊だ。〈格里格　鋼琴抒情小品集〉と書かれた楽譜は、練習して弾けるようになりなさいという宿題になった。

日本学部の学生たちは、年度途中の離任に困惑したと思うが、私がお詫びと別れを告げながら泣いてしまったのを見て、驚いたように言った。

「先生は、わたしたちのことが、好きなんですね。わかりました」

卒論の指導、大学院進学への助言、就職の相談、これらは慌ただしく歩きながらの会話だった。もっと話したかった。六月の卒業を見届けたかった。

最後に空港まで送ってくれたなじみの運転手さんは、車のアクセサリーを外して息子に握らせてくれた。それは息子が気に入って遊んでいたキュンキュン鳴く小さな動物のぬいぐるみのお守りで、欲しがる息子に対していつもは「だめ」と断っていたものだ。

もう北京に我が家はない。

成田から横浜までの車中、疲れてうとうとしていたが、夫に促されて目を開けると、ちょうど千鳥ヶ淵を通るところ、窓の外は凄みのある満開の桜だった。

これほど恐ろしく噴き出すように咲く桜、桜の重なり、連なりは、後にも先にも見たことがない。

三、祈りの人生

帰国後

帰国後の私は生活の再構築に忙殺され、中国語も英語もなおざりになった。話す相手がいないと外国語はたちまち忘れ去られる。

息子が中学校に上がったのを機に、また教職に就いた。転居もした。

一方では、老いた両親が初めて人の手を必要としてきていた。阪神大震災の受難は自力で乗り越えることができた二人だったが、加齢による身体の衰えには家族の助けが必要になる。親の介護が暮らしの中で大きな比重を占めるようになった。

そのうちに、思いがけない早さで父が逝き、しばらく後、母が脳梗塞を発症して半身不随、車椅子の生活になってしまった。私は仕事を減らして、多くの時間を母のそばで過ごすようになった。

母の口からもっともよく出る話題は、生まれ育った大連での夢のような暮らしのあれこれだ。母は大連の想い出を懐かしみ、まるで昨日のことのように、生き生きと繰り返した。両親とのやりとり、兄姉妹との生活、二十歳前後で相次いで戦病死した二人の兄がフットボールをする姿、海での遠泳や学校での演劇や授業のこと。幼稚園、小学校、女学校、教員生活、引き揚げ帰国、結婚……。母は飽くことなく何度でも語る。頻繁に電話をくれたり訪ねてきたりする見舞客の多くは大連時代の友人や教え子たちだった。

その話を聞きながら、私も大連に遊ぶ。ふと、ちょうど同じ頃に陸続きの北京に暮らしていたはずのOさんの姿が浮かんでは摑めないまま、過ぎる。

私はOさんの縁《ゆかり》の人が日本にいるのだから、預かっている手記を早くそちらに届けなければいけないとばかり考えてきた。いわゆる〈残留孤児〉〈残留婦人〉とは背景や事情が全く異なるが、望郷の念は同じはずと思い込んで、Oさんの消息を郷里に伝えることは親戚の人にとっても幸せなことなのだと信じて疑わなかった。

Oさんの半生記は福島の生家の幸せだった子供時代を振り返るところから始まっている。実家と連絡の途絶えたままになっているOさんに代わって親戚を捜すべきだと単純に考えていた。

係累の捜し方にはどんな方法があるのかを知りたくて、ルーツ探しのテレビ番組を手がける会社の講習を受けたり、手探りであたったりした。本名とだいたいの出生地がわかっていても、個人情報保護の壁が立ちはだかり、無資格の一個人ではできることに限界がある。新聞社に事情を伝えて協力を仰いだこともあったが、助けは得られなかった。ほかにどうすれば良いのか。

自分はいったい何をしようとしているのか、迷いが生じ、動きが頓挫していた。Oさんの手記の存在は日々の生活の慌ただしい波のあわいに見え隠れした。

もしかしたら、私は勘違いをしていたのではないだろうか。Oさんの本意は別のところにあるのではないだろうか。預かった原稿は複写なのだから、複数の日本人に渡っているかもしれないし、両国の自由な往き来が許されるようになった現在では、ご本人が本当に望めば、親戚の人に連絡する方法はどこかにありそうだ。そもそも私にはご実家の情報など知らされておらず、そんなことを頼まれてはいないのではないか。私の葛藤や使命感は独りよがりだったのかもしれない。

本帰国した日本人同士で同窓会ランチをすることがあった。誰もOさんのことを知らない。「昔はいろんな日本人がいたかもよ。〈日本人会だより〉に載っていたことがあったかな」と呟いた人がいたが、それだけだった。日本人が知らない北京の日本人、遠ざかる一方のOさんの幻影を見失いそうになる。

北京日本人学校の子供たちが歌った「大海啊故郷」が時折、聞こえる。美しい合唱が響く。

息子は三十歳を迎えた頃にアメリカの大学院に入った。日本の学校を出て国内で就職していたのに、その間に貯めた資金を用いて自分の力で留学したいと言いだし、驚いているうちに、父親の反対を押し切って飛び立ってしまった。どういう心境かよくわからない。北京で幼い息子が凍った池の対岸まで滑って行ってしまい、どうすることもできなかった痛みが蘇る。

地球はすっかり小さくなっていて、外国にいてもメールやスカイプでいつでも雑談できる。帰国子女の海外留学率は高い。国境をまたぐことへの抵抗感が少ないからだろう。

現地でアジア系の友だちもできたらしく、息子の話の中に出てくる。台湾出身の人は自分のことを「チャイニーズ（中国人）」ではなく「タイワニーズ（台湾人）」と言うのだそうだ。また、沖縄出身の人は「ジャパニーズ（日本人）」ではなく「オキナワン（沖縄人）」と言う。こうした話を聞くと、日本語漬けになってぼやけていた頭を叩かれる感じがする。「アイデンティティの問題だよ」という声にうなずく。

息子の話す友だちのなかに、ティエンと名のる人がいた。香港から来る人の多くはイングリッシュネームを持っているが、彼はその中にいてピンインの呼び名で通していた。

「ティエン？」

「うん、漢字で書くと、〈天〉だよ」

「天さん、ね」

いきなり時間の渦に揺さぶられた。天天？

「そのひと、北京のひと？」

「いや、……香港じゃなかったかな。どこだったかな」

北京のOさんの孫の天天じゃないの？　あなたと一つ違いの、一緒に遊んだこともあった……あり得ないことではない。一文字だけではわからないが、可能性はある。

私は食い下がったが、「よう知らん。ほんじゃ、またな」と切られてしまった。

母はアメリカに行ってしまった孫とスカイプで話せることを非常に喜び、「テレビ電話なのね。世の中が進んでいくのをもっとずっと見ていたい」と涙ぐむ。不自由な車椅子生活の中にあっても未来を見たがっている。

思いがけなく息子から「天」の名を聞いて、私がしなくてはいけないことは、親の介護だけではないと思い知らされる。母よりも十歳年上のOさんのこと。

やがて、母は他界、続いて親戚や親しい人も亡くなる。大切な人を失うばかりではなく、いずれは私自身も必ず逝くことが決まっている。時は待っていてはくれない。無為な時間を費やすことはできない。

抗えない力が背中を押す。「会ってください」という声に導かれた時のように。
保管していたOさんの封筒を開いて、改めて光の下《もと》に置く。
これまでの印象とは異なる世界があった。
行間に隠れていたものが見えてくる。

Oさんの半生記

（各章の冒頭には聖書からの引用が掲げられている）

1　結婚まで（日本、福島）

それゆえ男はその父母を離れ、妻と結び合い、ふたりは一体となるのである。
（創世記　2：24）

私は、一九一八年（大正七年）の一月四日に、日本の福島県、今の福島市で生まれました。父は軍人で、母はプロテスタントのクリスチャンでした。母の両親がクリスチャンであったかどうか、母がどのようにしてクリスチャンになったのかは、なんとなく聞かずに育ってしまいましたのでわからないのです。

家庭は円満で、思い出すだけで心が温まるというようなものでした。父は軍人でしたから、とても厳しい人でした。食事の時に箸の音でも立てようものなら、にらまれてしまいました。門限も厳しくて、女学校からまっすぐ家に帰らなければなりませんでした。厳しい人でしたが、手を上げることはなく、私たち兄姉妹《きょうだい》はとても父が好きでした。

母は父とは対照的で静かで優しく、信仰の深い人でした。兄一人、女の子四人の五人、私はその四番目でした。日曜日ごとに、母が子供たち全員を教会へ連れて行ってくれ、イエス様のことを学びました。私たち子供は五人とも、信仰を持つことができました。

当時の日本は、貧富の差が激しくてお金持ちの人の生活と乞食の生活は見るのも耐えられないくらいの差がありました。そんな世の中を見ていて、人生とは一体何なのか、この世にはどうして裕福な人と貧しい人がいるのかと私は考えるようになりました。

すべての解決はイエス様にあると考えるようになり、十六歳の一九三四年頃、福島の教会でバプテスマ（洗礼）を受けました。もうその教会の名前を思い出すことはできませんが、福島の教会でした。バプテスマを受けてからはさらに貧しい人々が救われるようにと思うようになりました。そして私は福音を伝えるために結婚せずにすべてを主《しゅ》に捧げたいと思うようになったのです。

その当時の女子の教育は、小学校六年間のあとは高等小学校二年間か高等女学校四年間でした。女学校まで行くのは、ほんとうにわずかでしたので、私は恵まれた家庭に育ったと思います。門限が厳しかったため、外での自由な時間はなく、帰って来ると自分の部屋で勉強したり本を読んだりして、屋内ですごしました。

私たち兄姉妹は五人とも救われていました。中でも妹の信仰はとても純粋なものでした。妹は私が女学校の時に結核にかかってしまいました。当時結核は難病で、死ぬのを待つというようなものでした。ですから家族の中に結核患者がいるということは、世間から非常に嫌われました。

妹は幼くして天に召されましたが、平安の中、賛美歌を歌いながら息をひきとりました。

一番上の兄は、福島を離れて東京の大学へ行っておりました。その後、銀行に勤めるようになったのですが、身なりのきちんとした本当に良い兄でした。

東京にいる間に、兄は中国から来ている留学生と知り合いまして、その方がクリスチャンだということもあって、後に私の人生の伴侶となったのです。

私が戦後も日本に帰らずに、この中国の地で暮らしているとお話しすると、たいていの方は「まあ、それはすごい恋愛結婚だったんでしょうね」とおっしゃるのですが、実はお見合いだったのです。その頃は今とは違いまして、結婚は親によってすべて決められてしまいました。親が良いと言えば、娘の方は何も言うことができなかったのです。

そのお見合いの話が来たのは、ちょうど私が女学校を卒業した頃でして、写真を母が部屋へ持ってきてくれたのですが、はずかしくて見ることもできませんでした。母が部屋を出て、一人になってからやっとチラリと写真を見たのでした。昔の娘たちにはそんなところがあったのです。

母の方は、彼がクリスチャンだということもあって、はじめから賛成していたのですが、父はやはり娘を外国人とは結婚させたくないということで反対していました。当時の一般的な日本人は中国人を「シナ人」と呼んで見下しているようなところがありました。

私はと申しますと、女学校を卒業してから家で花嫁修業をしておりましたが、心の中では結婚せずに献身したいといつも思っておりました。主にすべてを捧げたいと思っていたわけですから、結婚など全く頭にはなかったのです。また、親が一方的に決めてしまう結婚について、すっきりとしない思いがいつもありました。けれどもそれに対しては何も言うことができなかったのです。

すべてが主のみこころにかなうようにと祈りながら一年が過ぎ、父の方から、中国へは行かず日本で暮らすという条件のもとでならということで、私たちの結婚が決まりました。

一九三八年、私は二十歳で二十五歳の主人と東京の教会で結婚しました。結婚式の時の牧師先生からの「男はその父母を離れ、妻と結び合い、ふたりは一体となるのである」ということばは、それからの私の人生に大きな影響を与えることになりました。献身したかったけれども、主人との結婚が主のみこころならば、一体となるよう主人とともに生きてゆこうと思ったのです。

主人は中国の上流階級出身でして、ブルジョアとでも申しましょうか。主人の母の弟である叔父が、日本で貿易業を行っておりましたので、その関係で日本に留学しておりました。山東省出身で、せっかちで少し気が短いところもありましたが優しい人でした。

結婚後、私たちは福島で生活を始め、主人は叔父の仕事を手伝っておりました。その当時の夫婦と申しますと、話し合うことなどあまりできず、女は主人の決めたことに従うしかありませんでした。女性は自分の考えを言うことができなかったのです。

私たちが結婚した当時は、一九三七年の盧溝橋事件の翌年でして、日本と中国との関係がどんどん怪しい雲行きの中へ進んでいく真っ只中でした。そんな状況にあって、主人はやはり中国人として居ても立ってもいられず、私を日本に残して単身、中国の北京（当時は北平）へと戻って行きました。

主人が中国へ帰りましてからは、なかなか連絡を取ることができず、私の両親はこのまま娘を放っておかれたらどうしようととても心配していたようでした。と申しますのは、今の若い方には想像できないことと思いますが、当時、出戻りというと本当に悪く言われたからなのです。

そうしているうちに、一九三九年に主人がついに日本へ戻って来たのです。

そして、どうしても一緒に北京へ来て欲しいという主人の願いを受けて、私たちは北京へ行くことになったのです。ただ、中国に永住ということではなく、将来はアメリカへ行くという約束のもとでの旅立ちでした。

私の心には「ふたりは一体となる」ということばがあり、主のみこころならばどこへでも参りますという思いの中での旅でした。

2 北京での生活

いつも喜んでいなさい。絶えず祈りなさい。すべての事について、感謝しなさい。これが、キリスト・イエスにあって神があなたがたに望んでおられることです。
（テサロニケI 5：16－18）

一九三九年四月、私たち二人は北京に着きました。その頃の旅は大変長いものでした。まず九州の博多まで汽車で行き、博多から船で今の韓国の釜山へと渡りました。釜山からはまた汽車を乗り継いで北京へとたどる長い旅だったのです。七～八日間かかる旅でした。

北京駅は、今の前門付近にありまして、洋車という人力車や馬車があふれておりました。私が想像していた中国とは印象が全く違い、悪い言い方ですが、すべてが汚く見えてしまいました。日本は景色にしても人々の着ている物にしても色彩が鮮やかでしたが、中国はすべてが紺、黒、グレーと暗い感じがしたのです。とにかく、日本とは全く違った風景でした。

私たちの北京での生活は、西城区の四合院で始まりました。四合院はご存知でしょうか。これは北京の伝統的な家屋でして、四角形の中庭を囲んで北側、東側、西側、南側と四方に四棟の建物が建っている家屋のことです。北側には、正房あるいは上房と呼ばれる母屋があり、家主が使う棟でした。西側には西廂房といわれる棟があり、家主または長男、次男が使う棟でした。これは正房に次いで大切な棟です。

私たちはこの西廂房を与えられてそこで生活を始めたわけです。東側には東廂房、南側には前房または倒座と呼ばれる棟がそれぞれありました。また、それぞれの棟の中には部屋が三つから五つありました。

この四合院は南側に門があり、門には丸い銅板が二つ吊されていて、それを叩いて合図のブザー代わりにしていました。門を入って左側にはボーイの部屋がありました。そしてアーチがあり中庭へと続きます。中庭には噴水や金魚の入ったかめなどがありました。

私たちは子供のいない兄夫婦と同居しておりましたが、兄夫婦は家主の使う正房の五部屋を使っておりました。中庭から正房へは、二、三段高くなっておりまして、正房の前には廊下がありました。正房の西側には炊事場があり、反対側のその東側には広い庭が続いておりました。家族が少ないのに本当に広い家に住んでおりました。

中国での生活はなかなか一言では申し上げられませんが、日本の生活とは全く違うものでした。まず、靴を脱がない生活というのが私にとってはとても苦痛でした。

また食事の違いも大きなものでした。日本人として育ってきた私としましては、おかずを大皿に盛って出す時は必ず取り箸を添えるものだと思っておりました。ですから、取り箸がなく自分の箸で大皿から取って食べるというのは抵抗を感じてしまいました。

とても興味のある話だと思ったのは、老舗のレストランへ行くと必ずといっていいほど割れたお皿を針金でつなぎ合わせたお皿が使われていました。初めは、なんて失礼な所なんだろうと思っていたのですが、古い老舗ほど店自慢の意味でそういう古くて価値の高いお皿を使っていたのだそうです。日本ではとてもできないことだと思いました。

当時の中国にはまだいろいろな習慣が残っておりました。例えば家主に対する礼儀というのは厳しく守られなければならないものでした。一家に嫁が来ると、必ず〈叩頭の礼〉をして家主に挨拶をするのが礼儀でした。地方によってはそれが毎日行われていました。食事も家主とそうでない者は別にされたり、とにかく家主は重んじられておりました。

私たちの家は、義兄もクリスチャンだったこともありまして、習慣に従うよりは主の家庭として生活することができたと思います。食事は、正房で兄夫婦と私たちと四人で一緒にいただきました。中華料理でしたので、時々、特に妊娠中は和食が恋しくなりました。焼き魚が食べたいと思ったりしたものです。

四合院での生活は静かなものでした。食事や掃除などを手伝ってくれる人やボーイがおりましたので、私としては家事に精を出すこともできませんでした。

北京の上流階級の人々の暮らしというものは、私の心を寒々とさせました。主人は日本の会社の翻訳や通訳の手伝いを仕事としておりましたが、朝起きるのはとても遅いのです。十時ごろ出勤し、仕事の後は宴会、そして京劇を観に行き、最後にマージャンをするというのが日常生活でした。ですから主人が家へ帰ってくるのは非常に遅かったのです。

私は厳しくても愛とあたたかさのある家庭で育ったものですから、この北京での生活は初めての試練だったと思います。北京では教会を探すこともできず、私の中国語の能力があまりなかったせいですが、ただ家で主にすがりつくようにして祈る日々が続きました。

中国語は、そのころは全く使わなくても生活には困らなかったのです。北京には日本人があふれておりまして、日本人ばかりだったと言ってもいいくらいだったのです。王府井（ワンフーチン）には日本のお店も並んでいました。山本写真館というのがあったのを今でも覚えています。日本のデパートもありました。そんなわけで、中国語をほとんど使わずに過ごしていたのです。

一九四〇年二月十一日に長女が生まれました。その年はちょうど日本の建国からいって紀元二千六百年だということで、日本人の産婆さんから男の子だったらどんなにか良かったのにと言われたのを覚えています。

中国にはいろいろな独自の習慣がありますが、その中に長男夫婦に子供がない場合、次男夫婦の第一子が男の子だったらその子を兄夫婦へ養子に出すというのがありました。主人の兄夫婦には子供がおりませんでしたので、私たちの最初の子が男の子だったら兄夫婦にあげなければならなかったのです。私にしてみれば、生まれてきたのが女の子で、兄夫婦に申し訳ないような、それでいて自分で育てることができるという喜びとで複雑な気持ちでした。

そして、娘が生後百日たってから、一度日本へ帰国いたしました。やはりどうしても両親に娘を抱いてもらいたかったのです。そして九月にまた北京に戻って参りました。

一九四二年三月には次女が生まれまして、やはり生後百日たってから日本へ帰りました。悲しいことに、この子は日本にいる間に急に病気になってしまい、みるみるうちに弱りはてて亡くなってしまいました。小さい亡骸を日本の地に残し、私たちは再び北京へ戻りました。

一九四〇年から終戦までの間、二度ほど日本へ帰ったわけですが、日本の生活がどんどん苦しくなっていく様子を肌で感じました。食料はヤミで買わなければならず、食事はたいへん粗末になっていました。

北京での暮らしは、物質的にはとても恵まれていました。けれども私は生活の善し悪しについては、全く考えておりませんでした。北京に腰をすえて住むということは頭にはなく、いつかは日本へ帰らなければと思っておりました。ですから、いくら生活が苦しく見えても日本での生活は、私にとっては夢に見るほど恋しいものだったのです。両親にしてみても、娘を再び「敵国」である中国へ送るのはつらいことだったと思います。

私はただ主人のために北京へ戻らなければと思い、苦しくてもつらくてもただ主にすがって生きてゆこうと思ったのでした。

3 終戦

あなたがたの会った試練はみな人の知らないものではありません。神は真実な方ですから、あなたがたを、耐えられないほどの試練に会わせることはなさいません。むしろ、耐えられるように、試練とともに脱出の道も備えてくださいます。

（コリントI　10：13）

その当時、北京に住んでいた日本人は、領事館関係の方、貿易関係の方、商店経営の方、そして、中国人と結婚した方でした。中国人と結婚した日本人女性の多くは日本で結婚したのではなくて満州で結婚して北京へ移って来られた方々でした。その結婚は、愛情よりも生活のための手段だったような気がします。

日本人の中国人に対する態度はとても横柄で、見るのも耐えないような時がよくありました。また、中国人の間でも貧富の差が激しく、私は貧しい人々を見る度に祈らずにはおられませんでした。

私にとって、終戦と申しましょうか、敗戦と申しましょうか、八月十五日は静かにやってきました。

一九四五年八月十五日、近所の日本の方から、正午に集まるようにという緊急連絡が入りました。指定された家へ参りますと、八畳ほどのたたみの部屋だったと思いますが、台の上にラジオが置いてありまして、すでに四、五人の日本人が集まっておりました。そこで、正座をし、両手をたたみにつけて、正午の玉音放送を聞いたのです。その時は、日本が戦いに負けたという実感は全くありませんでした。

それから二、三日してから、買い物に街に出かけましたところ、中国人の私を見る目が大きく変わって冷たくなっているのを感じました。日本人は当時、洋服やモンペなどを着ていましたが、中国人は伝統のチャイナ服でしたから一目で誰が日本人かわかったのです。

私はお米を買って洋車で帰ったのですが、車夫は途中からどんどん知らない道へ入って行ってしまいました。私はもう、恐ろしくて恐ろしくて、大きな声で騒ぎ始めたのですが、その車夫は知らぬふりをしてどんどん走り続けました。やっとのことで車を止めて、お金を多く払うからと頼み込んで家へ帰ることができたのです。家へ着いた時には、買ったお米まで取り上げられてしまいました。この時、初めて敗戦国の惨めさと申しましょうか、そういったものを実感したのです。

しばらくしてから、北京は国民党軍と米軍の支配下となりました。国民党入京後、北京市民の暮らしはとても苦しくなりました。国民党軍に物を勝手に取られたり、横暴な態度をされたりと、本当に恐ろしい時期でした。

私の家にも国民党軍はやってきたのです。真夜中に門をドンドンと激しく叩く音がして主人が出ました。すると、ドヤドヤと十人ほどの兵隊に囲まれて「武器を出せ」と脅されました。「そのような物は一切ない」と申しましても、勝手に家の中に入り込み、捜索をし、何も見つからないので夫を連行していくという始末でした。

このようなことが何回となく繰り返されまして、生きた心地のしない時でした。主人は政治的には、国民党も共産党も支持しておりませんでした。私は、いつも「あなたはクリスチャンなのですから、悪いことは決してしないでくださいね」と主人に申しておりました。主人は「悪いことは一切していないから安心していなさい」と言ってくれましたので、私としては主にすがるよりほかにありませんでした。

この頃、日本人の中には、銃殺された人や、家財一切を強奪された人、また家財をなげうって逃げる人など出てきまして、大変惨めな時代となりました。後になってから聞いた話ですが、満州では終戦前にすでに負けるという噂が流れていて、実際に帰国のための汽車が出たのだそうです。

北京では敗戦の噂など全くありませんでしたので、戦後の北京の日本人社会は大混乱状態でした。多くの日本人が帰国して行きました。私の日本人の友人も、主人に日本に行くようにと何度も勧めてくれました。けれども私たちは日本に行く機会を逃してしまいました。

友人の帰国については、今でも忘れられない思い出があります。Sさんといってご主人が戦犯になってしまった方がおられたのですが、帰国の前日、わざわざ私に会いに来てくれました。玄関先での挨拶だけのものだったのですが、彼女に「日本で会いましょうね」と言われた時、私の心は大きく揺り動かされました。彼女がうらやましい、私も帰りたい、けれども口に出すこともできず、私は心の中で泣いていました。

本当に、本当に帰りたかったのですが、それは実現しない夢となりました。

また、ある日本人の友人は帰国する際に、住んでいた家を処分しなければいけないということで、その家の購入証書ごと家を私たちにくださいました。庭の二つある大きな日本の家でして、私たちはこの家へ移り住みました。

国民党が入京してからは、国民党軍の家族が私たちと一緒にこの家に住みました。後に解放軍（八路軍）が来ましてからも、安心してそこに住むようにと言われ、一九五一年ごろまでこの日本人の家に住んでおりました。

兄夫婦は貿易関係の仕事をしておりましたので、一九四一年ごろから北京と香港を行ったり来たりしていました。義兄は日本とアメリカへ留学したことがあり、語学力がありました。それで終戦前に香港に住むようになっていたのです。終戦後、何度か知人を通して香港からお金を送ってくれたことがありましたが、以来、連絡はとだえてしまいました。

終戦の二ヶ月前の六月に私は長男を出産しました。主人は時局の変化のため仕事もなく、兄夫婦が早々と香港へ行ってしまったこともあり、とても苦しい生活となりました。

そんな中、長男は病気になってしまいました。お金はなかったのですが、当時まだ残っていた日本人のお医者さんが無料で診察し、注射を打ってくださいました。誰もが苦しい時でしたのに、そのお医者さんは本当に良くしてくださいました。そのかいなく、この子は一九四七年に亡くなってしまいました。

終戦から一九四九年ごろにかけて、北京の物価上昇は信じられないほどのものでした。特に、食糧、銀貨、金、塩などが、一日に三度も値上がりするという日々が続いたのです。お金の値打ちはなくなってしまい、銀貨や金のアクセサリーで物を買うしかありませんでした。売られる品々の質もどんどん悪くなり、小麦粉を買ってもトウモロコシの粉が混ぜてあるようなにせ物が出回りました。

いろいろな意味で、苦難の第一歩を歩み始めた時でしたが、主がその大いなる恵みをもって私たち一家を守り、支えてくださったと本当に感謝しております。

一九四九年になり、解放軍が北京へ入城するということで、北京市民はまた何をされるかわからないという恐怖の中に突き落とされました。国民党のことがありましたから、本当に怖かったのですが、実際に解放軍が来てみると、意外に親切で規律のある行動をとっていましたので、私たち市民は安心して、また落ち着いた生活へと戻っていきました。

4 日本か、中国か

もし生きるなら、主のために生き、もし死ぬなら、主のために死ぬのです。ですから、生きるにしても、死ぬにしても、私たちは主のものです。（ローマ 14：8）

空の鳥を見なさい。種蒔きもせず、刈り入れもせず、倉に納めることもしません。けれども、あなたがたの天の父がこれを養っていてくださるのです。あなたがたは、鳥よりも、もっとすぐれたものではありませんか。（マタイ 6：26）

話は少し戻りますが、たしか一九四七年頃から一九四九年まで、主人は山西省へ仕事で行きました。私と長女、そして四七年に生まれた次男（現在は長男と呼んでおりますが）を北京に残して、主人は一人で山西省へ行ったのです。国民党の下での仕事でしたので、軍隊関係の仕事だったのかもしれませんが、どんな仕事をしていたのか分かりませんでした。

当時はあちこちで内戦がありましたので、汽車も郵便も不通でした。北京では全く仕事が見つかりませんでしたので仕方のないことでしたが、連絡が取れないということは不安を増加させました。

主人からの音信が不通ということは、生活のための収入が無いということでして、一九四八年ごろから私は手編み物をして生活を支えていました。一ヶ月、昼夜休みなく編んでも、十日間ほどの生活費にしかなりませんでした。また、今のように、一枚編んだらいくらというように代金を払ってもらえるわけではなく、その人が払うものをお金でも物でも黙って受け取るしかありませんでした。

住む所も次から次へと変えられて、どんどん小さくなっていきました。最後には、寝るだけの部屋が与えられたところまでいったほどです。

最初の大きな四合院の家から、最後には、同じくらいの広さの四合院になんと二十二世帯が住むという状態でした。北京に来た当時には全く想像もしてみなかったことでした。

一九四九年に、主人が山西省からひょっこりと帰ってきました。仕事に行っていたわけなのですが、お金も物も何も一切持たず、疲れきって着のみ着のままで帰ってきたのでした。そんな主人の姿を見ると、約二年の間、どこでどんなことをしていたのか、私たちがどんなに苦しい生活をしていたかなど、一言も言うことはできませんでした。

一九四九年十月に中華人民共和国が建国しました。主人も私も政治的には何も関わっておりませんでしたので、この国の新しい歩みを静かに見つめておりました。

北京に戻ってから主人は、軍工大地（軍需生産のための土地開拓）と呼ばれる所へ土を掘る労働作業の仕事へ出かけるようになりました。一日働いて五十銭という日給で、激しい労働なのですがその日給は一日の生活費にもならないものでした。生活は苦しく、また人々の外国人に対する風当たりも強くて、精神的にも肉体的にも疲れた時でした。

一九五三〜五四年にかけて、知識人をいなかへ送るという政策が出され、実行され始めました。日本へ留学していた主人は該当者でしたが、私が日本人であったため私たちは北京に残ることができました。

この頃、共産党はいろいろな運動を始めました。賄賂をなくす運動、右派をなくす運動、売春をなくす運動、アヘンをなくす運動などが主なものでした。

アヘン中毒者はこの頃でもまだ多くおりまして、青白い顔をして立っている人の姿など今でも頭に焼きついています。王府井の近くの金魚胡同といわれる通りに、朝、アヘン中毒者の死体が並んでいたことも忘れられません。

こういった運動の中にも、ちょっと変わった運動もありました。どこの家でおいしい物を食べているかを報告するという運動なのです。

しだいに、隣近所の人々はお互いを監視するようになってきました。私は、世の中がこのように変わってゆくにつれて、落ち着かなく、また恐ろしく、不安に満ちた日々を送るようになりました。私は何も悪いことはしておりませんでしたが、ただ日本人だということで周りから疑われているような気がして、何とも言えない重荷を背負っておりました。

いつまでもこの国にいるわけにはいかないと切に思ったのもこの頃でした。そして、その不安と重荷をかかえて、ただひたすらわが主、イエス様に「主よ、私は神の子です。どうか助けてください。この苦しい気持ちをどうか消してください」と祈る日々が続いたのでした。

私は終戦後の一九四七年頃から中国の教会へ通い始めておりましたが、教会の友人を通して五四年頃、日本人のAさんという女性を紹介されました。

この方は、日本人のご主人に戦死され、一人息子を日本に残し、おじさんを頼って北朝鮮へ渡った方です。おじさんの仕事を手伝って平壌に住んでいる時に中国人男性と知り合い、再婚されました。北朝鮮にいる頃は幸せに暮らしていたのですが、朝鮮戦争が始まり、二人で北京に移った時に悲劇が始まりました。

ご主人はもともと北京出身の人でしたので、北京の実家へ戻ってきたわけですが、彼女を迎えたのは夫の正妻とたくさんの子供たちでした。正妻にののしられ、大げんかのはてに彼女は家を出されてしまいました。そこを私の行っていた教会の人に助けてもらい、医者をしていた教会員の家の一部屋を借りて暮らすようになったのです。当時の中国人との結婚にはこのような悲劇も少なからずありました。彼女は編み物をして生計を立てるようになり、私も時々彼女を訪ねていました。Aさんはこのような生活の中、一九五五年の十二月頃に亡くなってしまいました。

あとには現金が約五十円とAさんの日本の戸籍（謄本？）が残されていました。亡くなる前に彼女は「すべてをOさんにさし上げて下さい」との言葉を残されておりましたので、私は彼女の残したものをいただくことになりました。苦しい生活の中での五十円は、主が与えてくださったものとしてありがたく受け取らせていただきました。ただ一つ、今でも心にひっかかっている事は、残されたAさんの戸籍を文化大革命の時に焼いてしまったことです。残されていた息子さんのことを思うと、今でも申し訳ないという気持ちでいっぱいです。

一九五六年五月七日、主人はそれまでの無理な労働がたたって、四十二歳で身体を壊して亡くなりました。

長女は十六歳の高校生、長男（実際は次男）九歳、次男（実際は四男）三歳、そして三男（実際は五男）はちょうど八ヶ月の時でした。主人が北京に戻ってきてから少しずつ、売れる物は何でも売って生計を立てておりましたので、主人が亡くなった時には売れるような物は何一つ残っておりませんでした。

私はよその家の洗濯をしてわずかなお金を得て、生活を支えました。当時のことですから、もちろんすべて手洗いです。布団カバーやシーツなどを主に洗いました。一生懸命働いても、やっと十日間ほどの生活ができるというものでしたから苦しいものでした。

娘は中学校の時は、学校から補助金五元、高校生になってからは十一元を毎月いただき、また学費も免除していただいておりました。そして、本やノートなどは自分で働いて買っておりました。

九歳の長男も、放課後よその家へ行って、皿洗い、買い物、掃除などのお手伝いをして、わずかながらのお金をいただき生活を助けてくれました。今の子供たちには想像もできないことだと思います。

政府や学校の先生方、また隣近所の人達が親切にしてくださり、また教会の知らない兄弟姉妹から献金や服をいただいたりして、本当に申し訳ないと思いました。けれどもほかにはどうすることもできず、毎晩、涙が服に濡れしみるまでお祈りを続けました。神様を信じて、主、イエス様が私の罪のために十字架にかかって苦しんだのだと考えると、これくらいの重荷、苦しみはまだまだ軽いものだと思いました。

一番下の子が一歳ちょっとの頃でしたか、まだ残っていた日本人のお友達がおりまして、その方は子供のいない方でしたので、下の子を養子にさせてくれないかと頼まれました。夫を亡くし、私たちの生活が苦しいのを知っていての優しい心遣いからのことだったと思うのです。下の子を一緒に日本へ連れて帰ってくれるということだったのです。

ところが、上の三人の子に泣きながら「やらないでくれ、やらないでくれ」と言われてしまいました。お金も何もない苦しい生活でしたけれども、神様は飛んでいる鳥をも働かなくても養っていてくださる。それなら、神様はこの子をも養ってくださるだろうと思いまして、養子には出さないことにしたのです。

それからしばらくして、そのお友達から、日本へ帰る最後の船が出ることを知らされました。一九五七年のことです。下の子を養子に出さないのなら四人とも連れて日本へ帰るようにと勧められました。

日本の両親とは一九四五年の六月以降、連絡が途絶えてしまっておりました。最後の船の事を聞かされて私の心は望郷の思いと両親への思いとでいっぱいになりました。

それで、娘に帰国のことを相談してみました。すると娘は「ママは、三人の弟を連れて日本に帰ってください。私は中国に残ります」ときっぱりと言いました。娘は高校生で、中国に対する愛国心を持つよう学校で教育されておりましたので、日本へ行くなどとんでもないことだったのだと思います。残ると言われても、唯一の親戚であった兄夫婦は香港へ行ってしまっておりましたので、誰も頼れる人のいない中国に娘を一人残すことは母親としてとてもできないことでした。

私は帰国のことはもう何も言えなくなってしまったのです。娘のことを思うと、中国に残るしか道はなかったのです。

それまでの約十八年間、北京で暮らしておりましたが、常に日本に帰りたいと思い続けておりました。けれども、このことがあってからは、もう日本のことを口にする

 こともやめて、主に頼って子供たちと一緒にこの中国の地で生きてゆこうと決心したわけです。

同じ一九五七年、外国人に対する差別が酷かったこともあり、人から勧められて、私は中国国籍を取得しました。中国には工会という労働組合がありまして、労働者の賃金、医療費についてなど便宜を図ってくれておりました。この工会には、外国人は入れなかったのです。

中国籍を取得してから、私は工会に入ることができ、友人に紹介されて、一九五八年から北京紡績公司で労働者として働き始めました。仕事の内容は機械編物で、主にセーターを編みました。月給二十元、そして工会から補助金十元が出て、以前よりは生活しやすくなりました。それでも長い労働時間には変わりがなく、生活は相変わらず苦しいものでした。

5 文化大革命（一九六六～一九七六）

私が主を求めると、主は答えてくださった。私をすべての恐怖から救い出してくださった。（詩篇 34：4）

ご存知の通り、一九六六年から中国は文化大革命の渦に巻き込まれました。これは急に始まったことではありませんでした。他人を監視し、批判をするという体制は少しずつ形成されていったのです。

文革が始まる以前から、私の勤めていた紡績工場では討論会が持たれておりました。時々、労働組合から労働者全員に券をわたされて映画を見に行くことがありました。映画といっても、日中戦争のものばかりで、日本の悪いことばかりが取り上げられていました。そして、周りの人々はまるで私が悪いことでもしたかのように私を見るので、何とも言えない苦しい気持ちでいっぱいになりました。神様しか私のこの苦しい気持ちをわかってくださらないと思ったものでした。

映画を見に行った次の日には、必ず討論会が持たれました。そして、日本人である私は、映画についてどう思ったか発言するように毎回言われたのです。正直に「日本人として、中国の皆さんに申し訳ない」と申しますと、「お前は口先だけで言っているのだ」と毎回激しく批判されました。

この討論会に出席するのがつらくてつらくて、行かなくて良いものならどんなにうれしいことかといつも思っておりました。

ある日、そんな私の苦悩を見て、娘が「ママ、そういう時は新聞を読んで、新聞から発言の言葉を探せば良いのよ」とアドバイスしてくれました。そうするようになってからは、討論会も少しは気が楽になりました。それと同時に、子供ながらにこんなにまで生き抜いていく知恵を身につけなければいけない、そんな子供たちのことを思うと、針に刺されるような思いでした。学校でどんなつらい目にあっていても、子供たちの誰一人、何も言いませんでした。

文革が始まると、人々は誰もが口を閉ざすようになってしまいました。ちょっとした一言が、報告され、つるし上げられることが日常茶飯事だったからです。この時は、日本と関係のあった人、また日本人もずいぶんと酷い目にあいました。

中国人のご主人をもつある日本人女性などは、黙っていれば済んでしまう事でしたのに中国に対する批判を口に出してしまい、髪の毛を片側半分だけ剃られるという辱めを受けました。

文革が始まってからは、討論会が批闘大会（批判大会）となり、必ず参加しなければなりませんでした。私も職場の批闘大会には必ず参加させられました。

私の友人の一人にカトリックの信者だった人がおりました。彼女はいつもほほえみを浮かべている優しい方でした。この批闘大会が始まってからというもの、私は彼女のことをいつも心配しておりました。「あなた、批闘大会で笑ってはいけないわよ。ほほえむのもダメなのよ」と忠告したことがありました。

けれども、ある日、とうとう彼女は批闘大会でほほえんでいるのを見つけられてしまい、壇上に上げられて批判され、反省文を書かされることになってしまいました。微笑を浮かべることさえも批判の対象となる時代となってしまったのでした。

私自身も、昔のことを持ち出されて、非難されたことがありました。

文革以前のことでしたが、ある日本人のお友達が、周りの中国人から「あいつは日本人だ。スパイだ」と言い続けられて、とうとう精神病になってしまいました。私はなんとかしてお医者さんに診てもらうことはできないかと思って、別の日本人のお友達に連絡を取ることにしました。

その方は、良家出身の優しい方で、ご主人は台湾出身の中国人でした。お医者さんで、北京の隣の町の通県で細菌の研究をなさっておりました。その頃は私は貧しい生活をしておりましたので、その方とは生活が違っておりましたが、いつも優しく親切にしてくださる方でした。後になってわかったことですが、その方も実はクリスチャンだったのです。ご主人がお医者さんだということもあって、良い暮らしをなさっていて、当時はとても珍しかった電話がご自宅にありました。

私は精神病になったお友達のためにお医者さんを探してもらおうと思い、勤めていた工場の電話を使って連絡を取りました。夜勤の後でしたから、夜の十時か十一時頃だったと思います。電話ではもちろん日本語でお話ししました。その時は誰も何も言わず、私が電話を使ったことに対して周囲は全く気にとめていないかのようだったのです。

ところが、文革が始まってから、周りの人がこのことを覚えていて、ある日、出勤してみると、壁新聞〈大字報〉に、私の電話の件が書かれていたのです。それも、日本語で話してスパイ的な行為をしたという内容だったのです。

文革が始まってからこの壁新聞というのが始まり、人々の小さな動きを取り上げて非難するということが続けられたのです。私は、壁新聞で自分の件を読んだ時は、もう目がクラクラとしてしまいました。なにせ、事実とは全く違う内容が書いてあったわけですから。

工場での私の仕事は機械編みで、一九五八年の大躍進運動の頃は、一日十四時間以上働きました。その時に、丸首セーターを一日に二十枚編み上げて表彰されたこともありました。

文革の頃には少し年をとってきたせいもあって、機械編みはやめて、倉庫から必要な物を取ってきて編んでいる人の間を歩いて物を配るという仕事をしておりました。

壁新聞に私の事例が書かれた日に、いろいろと思い悩みながら仕事をして歩いておりましたところ、ある親切な工員が、五人組と呼ばれていた上司の所へ行ってきちんと話をするようにとそっと勧めてくれました。

その言葉に励まされて、私は上司をたずねていきました。上司といっても若い女性で、とても威張っておりましたが、私の顔を見るなり「何か用か」と激しい口調で問いかけてきました。すでに、カーッとして怒っているようでした。私が壁新聞について話しに来たことを告げますと「何か文句があるのか」とものすごい勢いでどなられてしまいました。

けれども私は勇気を出して、壁新聞に書いてある内容は事実と違うこと、そして、どうして電話を使ったのかそのわけを説明しました。それから、私は毛沢東主席を尊敬し、いつも毛主席の語録を読んでいるということも話しました。そして最後に一言「毛沢東主席の語録の中に、自分の国の言葉を使ってはいけないとは書いてありませんよね」と付け加えました。そうしたところ、上司はもう何も言わず、それ以来、壁新聞に私のことが取り上げられることもなくなりました。

当時、一度壁新聞に載ると、有ること無いこと次から次へと書き出され、ついには監禁されるのが常でした。監禁とまではいかなくても、精神的には大きな打撃を受けたのです。そんなわけでしたから、たった一度だけで終わったということは、本当に主の御手《みて》によって守られたのだと心の底から主に感謝しております。

文革はいろいろな意味で、子供たちにも大きな影響を及ぼしました。その頃、すべての人々は大きく「紅五類」と「黒五類」という二つのグループに分けられました。「紅五類」というのは、いわゆる良いグループで、工人（労働者）、農民、革命幹部、革命軍人、革命烈士（革命に殉じた人）の五種類に属する人とその家族でした。反対に「黒五類」は悪いグループとされ、「出身不好（出身が良くない）」と呼ばれていました。これに当たるのは、地主、富農、反革命分子、破壊分子（不良分子）、右派、知識人もこれに該当しました。どのグループに属するかで、周囲からの態度があからさまに違ったのです。

母親が日本人、父親は元日本留学生。いくら亡くなっていたとは言っても、父親のことを周囲の人は忘れてはくれませんでした。さらには、「（富んだ）家庭」出身、つまり元上流階級出身だということで、子供たちはいろいろとつらい目にあったと思います。子供たちにとって、親のすべてのことが汚点として数えあげられたわけですから、本当につらく苦しい時だったと思います。

けれども、誰一人として学校でどんな酷い目にあったかなどと話したことはありませんでした。私には何も聞かせずに、じっと耐えていたようです。そのことを思うと、今でも胸が締めつけられて苦しくなります。

ちょうどこの頃、北京の中学生（中高生）を中心にして、紅衛兵という愛国をモットーにした学生兵が組織されました。これは瞬く間に全国的な運動となって広がりました。それにつれて、毛沢東主席もこの紅衛兵の運動を支持するようになり、大きな権力を持つようになりました。

黒五類に属する人や、共産党員でも少しでも上との意見が違ったりすると、紅衛兵による家宅捜索や暴力を伴う批闘大会に連れ出されました。学校の教師たちも、それまで生徒であった紅衛兵に監禁されて乱暴されたりしました。

文革になってから、子供たちは身の安全のために、日本語の本、写真、何でも日本に関するもの、はては日本語の聖書まですべて焼いてしまいました。

その中には先にお話ししましたAさんの戸籍も含まれていたのです。

多くの思い出の品、そして聖書のことを思うと胸が締めつけられましたが、何か一言でも言えば反革命者とされてしまいましたので黙って見ているしかありませんでした。

紅衛兵の家宅捜索は一度だけありました。それは、主人の兄が香港にいたため、何か連絡を取っているかどうかを調べるものでした。香港の兄とは、全く音信不通になっていましたので、一度の家宅捜索であとは何もなく終わりました。

この時代は、子供が親を批判する、学生が教師を批判する、部下が上司を批判するという狂った時代でした。言葉のみならず、批判が行動に及ぶというものだったのです。それでも私たちは、何も言えずに、黙って耐えるしかありませんでした。

この革命によって私たち一家は分散されてしまいました。

長男は、一九六八年に北京化学工業技術学校を卒業しましたが、山東省の製薬会社に分配（就業制度）されました。その後一九八八年まで山東省におり、二十年ぶりにやっと北京へ戻ってくることができました。

次男は毛沢東主席の農村に根を下ろせという指示（上山下郷）に反対することができず、それに従い一九六九年から七四年までの五年間、東北の吉林省の農村で農業をしていました。十六歳から二十一歳という、今で言えば青春のまっただ中の貴重な時を農村で過ごしたわけです。北京へ戻るにあたっても、母親が日本人だということでいろいろと不便があり、私が半年かかって政府の機関を走り回って交渉し、やっと北京へ戻ることができたのです。

この時代がクリスチャンに与えた影響というのもたいへんに大きなものでした。国民党の支配下では、私たちは教会へ行くことができました。これは、蔣介石夫人の父親が牧師先生であったらしく、クリスチャンに対して良い印象を持っていたからなのかもしれません。

文革が始まってからは、すべての教会が閉ざされてしまいました。街で牧師先生に出会っても、挨拶をすることもできません。クリスチャンだと見なされると、いろいろと厳しい取り調べを受けたり、多くの批判を浴びたり、監禁されたりしたのです。牧師先生たちは、牢屋へ入れられるか強制労働に行かされていました。それを見ていたので、知られたら何をされるかわからないという恐怖がついてまわり、クリスチャンとして生きていくのに本当につらい時代でした。

それまで医者だった人が掃除夫をさせられたり、黒五類とされた人は批判大会で暴行を受けてけがをしても、証明書を出してもらえないので病院へ行くことができなかったり、人間を人間としていたわる心が失われてしまった時代だったような気がします。

ただ、こんな苦しい時代にあっても、神様は常に真実で恵み豊かな方でおられ、いろいろな方々を通して私たちを助けてくださいました。このことには本当に感謝をしています。何かあるたびに、お祈りをしていつも心の平安を与えられました。

6 長女について

私は、私を強くしてくださる方によって、どんなことでもできるのです。
（ピリピ 4：13）

娘について少しお話ししたいと思います。前にも少しお話しいたしましたが、一九四〇年に北京で生まれ、生後百日たってから一度日本へ連れて帰りました。その時、日本の教会で娘の献児式（祝いの儀式）を行っていただきました。この娘は、日本名をH子といいます。

この子の小さい頃の北京は、日本人であふれておりまして、H子は今の東単（北京の中心地、王府井の東側の通り）の協和病院の近くの日本人の幼稚園に五歳の頃から通っておりました。今では全く考えられないことですが、車が少なかったせいもありますが、歩いて二十分ほどの道のりをH子は一人で通っておりました。

H子は今年（一九九六年）五十六歳になりましたが、今でもこの幼稚園のことを覚えているようです。当時でも日本人の幼稚園では給食がありました。給食を全部食べられなかったり、好き嫌いをする子がいたりすると、先生はその子を直接叱らずに、絵などを使って全員に悟らせるように教育をしていたとH子は話しております。

一九四五年の終戦後は、日本人学校も引きあげてしまい、中国人小学校に入学するのに、H子は日本語しか話せませんでしたので本当に苦労しました。

中国人の学校に移る時は、なぜか主人ではなくて私が手続きをしました。人前に出るのが大嫌いなのに、そして中国語を話さなければいけないのに、どうして私がすべてをやらなければいけないのかと途方にくれました。それでも、きっと私がこんなふうに弱かったから、神様がこういう状況に置かれたのだと思いまして、中国語もあまり話せなかったのですがなんとか手続きを済ませました。このようにして、母親として主によって強くされていったのだと思います。

終戦直後で、日本人に対する中国人の感情はものすごく悪くなっていたのですが、隣近所の人たちは以前と変わらず、私たちにとても親切にしてくれました。

H子は中国人学校に移ってからは、すぐに中国語を覚えるようになり、クラスメートにも溶け込んで、楽しく通学するようになりました。

一九五二年、H子は右足が骨結核にかかってしまい、中学生、ちょうど十三歳の一年間、学校を休学いたしました。安定門にある第六病院で治療を受けたのですが、その病院は以前は別の名で、もともとアメリカ人によって建てられました。病院の中には教会も備えられておりました。

H子が治療を受けた時は、すでに中国政府が引き継いで病院を経営しておりました。私たちの生活が苦しかったため、病院の費用は無料としていただき、ペニシリンは非常に高価なものでしたが、国が保障をしてくれました。当時、ペニシリンはすべて外国からの輸入品で一本三元という高価なものでした。その頃の三元というと、小麦粉を二十五キログラムも買えるくらいでした。

H子は一九五三年五月七日に入院しまして、五月二十一日に手術を受けました。手術後ギプスで右足を固定しましたが、夏でしたので（北京の気候は、五月中旬には初夏、六月には盛夏）、薬を取り替えるためにギプスに穴を開けたところ、そこに蛆《うじ》がわいてしまいました。痛くて泣く娘の苦しむ姿を見るのはたいへんつらいものでした。

病院へ行ってギプスを外してもらい、一年くらい漢方医にかかりまして、漢方薬をつけたり飲んだりして全快いたしました。医療費はすべて国家が負担してくれましたので、すべて無料でした。

教会の牧師先生をはじめ、兄弟姉妹のお祈りと、そして政府からいろいろな面で補助をいただいたことによって苦しい難関を越えることができました。本当に主に感謝です。

H子は病気休学中は、私の手編み物を手伝って生活を助けてくれました。家族思いの娘です。こうして一年間学校を休学いたしましたが、どうにか落第もせずに中学校を卒業しまして、高校の入学試験には優良の成績で合格しました。

ただ、やはり足のせいで、高校の頃からの娘のあだ名は「跛子（びっこ）」となってしまいました。でも、中学生の頃から、教会の教会学校で子供たちを教え、信仰を持っていた娘は、そのことを気にはしていないようでした。

また話が重なってしまいますが、H子は中学校の時から学校から補助金をもらっておりました。けれども、高校になってからは一年間全く補助金が出ませんでした。当時、補助金を受ける資格は、革命委員会といって日本でいうと隣組のような組織がその家庭を調べてから出していました。うちは本当に貧困なのですが、どうしたわけか高校の最初の一年間は補助金なしだったのです。そうしたところ、クラスメートが団結して、この子の家は本当に困っているのだから補助金を出してもらえないかと学校側に願い出てくれました。

それによって、以降は、月十一元の補助金を出してもらえるようになりました。神様は、私たちが困難にある時、いろいろな人を用いて私を支えてくださいました。

高校時代のH子は、数学、体育の責任者として活躍しました。親の私が申しますのは恥ずかしいことなのですが、成績もたいへん優秀で、一九五八年に大学入学試験を受けた時はすっかり安心して、合格はまちがいないと思っておりました。

ところが、それは全くの考え違いでした。「家庭（元上流階級出身、ブルジョア）」出身、母親が日本人、そして亡き父は元日本留学生という汚点があって、H子はとうとう不合格になってしまいました。

H子よりも成績の良くなかった友だちが喜んで大学へ行く姿を見ると、私のせいで娘は大学へ行くことができなかったのだと、本当に申し訳ないと、今でも涙が出てしまうほどです。いくら生活が苦しくても、子供たちにはなんとかして知識、学問を得させたかったのですが、当時はどうすることもできませんでした。

そんなわけで、H子は友人の紹介で、印刷工場に施航工（工員）として働くことになりました。ほとんどの工員は小学校卒でしたから、高校卒という学歴は珍しかったようです。その年は高校卒の女の子が五人就職しまして、五人で仲良くなり、今でも交際を続けているそうです。

H子はここでも出身が悪い（母が日本人、父が元日本留学生）ということで、一番苦しい仕事を与えられました。そんな中にあっても、H子は「いつも喜んでいなさい。すべてのことに感謝しなさい」ということばを胸に、つらさ、苦しさをひとかけらも見せずに一生懸命働いておりました。工員として、給料は毎月十六元、寮生活をしておりましたので、その中から毎日三食の食事代が必要でした。

余裕など全くないような中でも、なんとか毎月六元くらい節約して、三人の弟たちに靴を買ってきたりしました。今でもはっきりと覚えていますが、私にもビロードのすてきなコートを作ってくれました。

一九五八年は〈大躍進運動〉中で、昼夜なしに働かされていました。H子は高校卒で文章を書くことができたので、仕事が終わったあとで、仕事以外の掲示板書きをさせられてもいました。大きな機械の操作もさせられていたようです。家へ帰ってくるたびに、もう全身に染みついてしまっている印刷の油の匂いをプンプンさせておりました。仕事の内容、娘の体のことなどを思うと、心配でいてもたってもいられないほどでしたが、私はお祈りをしてやっと心が安まるという日々を送っていました。

しばらくは工員として精一杯働いていましたが、やはりH子はもっと勉強したいという気持ちを強く持っていたようでした。ちょうど会社に夜間大学がありましたので、H子はそこに通い始めました。五年間、一日も欠かさずに勉強しまして、卒業証明書をいただきました。

ところが、ちょうど文化大革命が始まってしまい、その証明書は無効とされてしまいました。同じ年に就職した高校卒の仲良し五人が夜間大学へ行ったわけですが、四人が卒業しました。

そして文革が終わってから、四人で政府に交渉して、やっと大学卒という証明書をもらうことができました。H子は経済師（経済学士）の学位を受けたのです。H子は、主の大いなる愛と恵みに支えられて生き抜いてきた娘です。一九六六年四月に結婚し、六八年に男児を出産いたしました。H子は一昨年（一九九四年）定年退職し、同じ年に息子が結婚しまして、とても幸せに暮らしております。

7　日中国交回復後

若い獅子も乏しくなって飢える。しかし、主を尋ね求める者は、良いものに何一つ欠けることはない。
（詩篇　34：10）

一九七四年八月、私は五十六歳で、北京紡績公司（会社）を定年退職いたしました。退職してからは、しばらく孫の世話などをして過ごしておりました。

そうしているうちに、私の日本人のお友達のお嬢さんが訪ねてきて、私に日本語教師をやってみないかという話を持ち出してきました。私は「そんなことはとんでもない」とすぐに断りました。長いこと日本語を使っていなかったからなのです。ところが、いろいろな方から強く勧められまして、とうとう、一九七八年、六十歳の時に政府の冶金部で日本語を教えることになりました。

その当時、日本語を教えるということには、厳しい身辺調査が含まれておりました。冶金部の有色金属院でしばらく教え始めましたが、ある日担当の方から、家にしばらくいるようにと言われました。どうしたのかと思いながら私は家で待機しておりました。

すると、ある日、同じ学校で教えていた台湾人の先生が訪ねてきて「証明書をもらいましたか」と私に尋ねてきました。その先生によると、証明書がないと有色金属院へ出入りすることができないということだったのです。それを聞いた時、私は、ああ、いくら中国籍を持っていても、やはり日本人だから待遇が違うのだなあ、と思ってしまいました。その後すぐに、日本語担当の責任者の方がやってきて、すべての事情を説明してくださいました。

大学側が私の身辺調査をしたところ、私がいくら中国籍を持っていても、やはり日本人だからダメだということだったらしいのです。けれどもその責任者の方は、身辺調査の結果、何も悪いことはしていないし、中国籍を持っているのだから、と何度も説明し、説得して、やっと教師としての許可をもらうことができたということだったのです。

後でわかったことですが、冶金部の有色金属院では金属関係のいろいろな研究が進められておりまして、それまでは外国人としては北朝鮮人だけが出入りを許されていたのだそうです。その他の外国人としてこの大学への出入りを許されたのは、私が初めてだったのです。

当時の北京には、多くの元日本留学生（中国人で以前日本に留学していた人）がおりましたが、文革中に酷い目にあったこともあって、スパイとして捕らえられるのを恐れて、誰も日本語を話せることを人には言わなかったのです。そういうわけで、私の方に日本語教師の話がまわってきたわけなのです。

文革中に日本語のものはすべて焼かれてしまいましたので、本もなし、辞書もなしという中での授業でした。それでも生徒たちは喜んで学んでくれました。最初の生徒は、日本へ留学することが決まっていた教師たちでした。中には今のロボット研究所所長のY先生もおりました。この方は、日本でロボットの研究を終えて帰ってこられた方です。

一度教え始めますと、次から次へと依頼がまいりまして、鋼鉄学院（現在の科技大学）、軽工業学院、対外経済貿易大学、首都鉄鋼公司夜間大学、交通管理学院、その他の夜間大学で教えてまいりました。

一九八四年三月から五月の初めまで、八宝山墓地の火葬炉備え付け設備のための通訳としてお手伝いをさせていただきました。火葬炉は、日本からの輸入機で、一般の死亡者には使用できないものでした。

一九八五年、日本ゴルフ振興会が北京市郊外の十三陵に国際ゴルフクラブを開設することになりました。縁あって、私は、その準備委員会が設置された時から通訳として働くことになりました。

ゴルフクラブは一九八六年にオープンし、私は九三年までの八年間、そこに勤務いたしました。その間、多くの政府要人の方々の通訳をしてまいりました。

日中友好の架け橋となられた、王震氏、元副総理の谷牧氏、元全人代委員長の万里氏、元総理の趙紫陽氏、今は亡き胡耀邦氏、このような方々のお手伝いをさせていただきました。

また、一九九四年六月からは、民間設置の高等秘書学院で日本語を教え始めました。このように、国交回復後は、日本語を使う仕事に関わってまいりました。良い生徒に恵まれ、二人の息子は生徒の親戚と結婚したほどです。

いろいろなところをくぐり抜けてまいりましたが、主のなさることに無駄なことはひとつもないのだと、喜びと感謝とでいっぱいです。

8 教会生活

わたしの恵みは、あなたに十分である。というのは、わたしの力は、弱さのうちに完全に現れるからである。（コリントII 12：9）

前にもお話しいたしましたが、私は日本で十六歳頃に救われて、バプテスマを受けました。教会へは、いつも兄と姉妹と母とで通っておりました。娘時代の純粋潔癖な時に信仰を持った私は、世の中の不平等さや不公平さを許せませんでした。貧しい人々に福音を伝えたいと真剣に思っておりました。

私が日本にいる間は、父は信仰を持っておりませんでした。私が北京に移ってから、母の手紙で父が救われたことを知りました。

結果的には、父や母そして兄や姉たちと連絡が取れなくなってしまい、お互いにどこでどうして暮らしているのかも全くわからない状態ですが、いつの日か御国《みくに》でともに暮らすという望みがあるということはすばらしいことです。

一九三九年、北京に着きました頃は、教会のことは全く聞いたことがありませんでした。終戦後も教会のことは知らずにおりました。そして一九四七年になってから教会のことを知り、礼拝に参加し始めました。その当時は教会学校がありましたので、子供も教会へ連れてまいりました。

一九五〇年から、家の近くの寛街にある聖潔教会（ホーリネス系らしい。ハドソン・テーラーによって救われた牧師が開拓した教会だという話もある）の礼拝に参加し始めました。日本でバプテスマを受けておりましたが、中国の教会の会員になるには、もう一度中国の教会でバプテスマを受けなければならないということで、一番下の子を妊娠している時に再びバプテスマを受けました。お腹の子供とともに水に浸されたわけでして、そんなことから、この子の名前にはさんずいの漢字を選んで命名しました。

一九五八年になると、〈大躍進〉が始まり、毎日十四時間以上働かなければならなくなりました。日曜日も休みはなかったのです。夫が亡くなり、生活を支えるためには、工場の指示に従って働くしかなく、教会へ行くことができなくなってしまいました。

この頃の忘れられない思い出は、教会の兄弟姉妹の深い愛です。主人が亡くなった時、L牧師とT姉妹がうちへ来てくださいました。その時、T姉妹が「姉妹」と深い思いやりのこもった声で言いながら家へ入ってきてくださったのが今でも忘れられません。

そうして、一九六六年に文化大革命が始まったわけなのです。約十年間、教会は閉ざされてしまいました。牧師先生や兄弟姉妹に街でお会いしても、挨拶することもできず、とてもつらい時でした。けれども、いつも祈ることによって、神様からの平安を与えていただきました。これは今でも変わらないことです。

一九七六年から教会は礼拝を再開いたしました。文革中に苦しめられたクリスチャンが多かったので、本当に大丈夫かどうか疑ってしまい、私はすぐに教会へ行くことはできませんでした。何かあれば私だけの問題では終わらず、子供や孫にまで汚点を残すことになってしまうという時勢だったのです。それほど文革は恐ろしいものだったのです。

結局、Ｉさんという日本人の友人に強く勧められて、一九八二年から青年会と呼ばれているＹＭＣＡの教会の礼拝に参加し始めました。最初の頃は、毎週こわごわと通ったものでした。

ある日、教会で日本人らしき人をお見かけし、声をかけましたところ、日本大使館の方だとわかり恐ろしくなったことがありました。こんなふうに申し上げると、変なふうに聞こえるかもしれませんが、当時日本人とお話しすることは、とても恐ろしいことだったのです。あとで周りから何をされるかわかりませんでしたので、いつも恐怖感がつきまとっていました。

その大使館の方はＭさんとおっしゃって、敬虔なクリスチャンでした。私にまでいろいろと気を遣ってくださいまして、私が日本語の聖書を持っていないとわかると、すぐに香港から取り寄せてくださいました。少しずつＭさんとお話しするようになるにつれて、家へ帰ってから「ああ、何かまちがったことを言ってしまったのではないかしら」とか「また大変なことになるのではないかしら」と不安になり、反省ばかりいたしました。

文革中は、たった一言によってでも批判の対象となり、酷い目にあわされるのが日常のことでしたので、いつでも不安と恐怖感があったのです。そのたびにお祈りして、そうして気持ちがすっとしました。

ある日、Mさんが、どうしても私の家へ遊びに来たいとおっしゃって、困ったなあと思いながら子供たちに相談しました。子供たちは、どうせみんな私が日本人だということを知っているのだから、別にかまわないと言って許してくれました。

文革当時は、日本語で話すなど考えられないことだったのです。ただ私は、Mさんが日本の国旗のついた大使館の車で来られるのは、周囲の目を思うと困るなあと思いまして、近くの新僑飯店に車を止めて来ていただきました。

一度来られてからは、もう度々遊びに来られるようになり、ついには車で乗りつけるようになりました。そうなってからは、隣の親切なおばさんが、車が着くたびに近所の人がみんな出てきて車のナンバーを調べているよと教えてくれました。

Mさんと私たち家族のお付き合いは、純粋にクリスチャンとしての兄弟姉妹の交わりでしたので、誰に知られても困るようなことは何もありませんでした。周囲が車のナンバーを調べたりしていても、警察が問題として取り上げるということもありませんでしたし、国に対して問題があるようなことは一切ありませんでした。

その頃、私たちは物質的にあまり豊かではありません。そういう状況を知って、Mさんは、宴会があると夜遅くても、たとえリンゴ二つでも私たちに届けてくださいました。

また、車になどめったに乗ることはなかったのですが、Mさんは孫をかわいがってくださり、時々車で万里の長城などに連れていってくださいました。

突然のことでしたが、一九八五年の六月に、Mさんは北京の自宅で一人で倒れて亡くなってしまいました。北京の教会で追悼式が行われましたが、私は通訳としてお手伝いさせていただきました。

私は母の影響により、薄々ながらも信仰を持ち、主にしっかりとしがみついて、今日まで重い十字架を担って無事に歩んでこられました。そのことをただ主に感謝しております。また、宗教の自由を許される国をありがたく思っております。

現在は、家に近い崇文門教会の礼拝に通っております。そして時間が許す限り、日曜礼拝、婦人会、祈禱会、土曜礼拝、その他の集会などに参加しながら、残り少ない余生を主に頼って生き抜こうと思っております。

主の恵みは本当にすばらしいものです。主がいつもそばにいてくださったからこそ、私はこれまでこの地で生きてこられました。この主の大いなる愛と恵みに感謝して、この私の話を終わらせたいと思います。

四、柳絮舞い散る

長い変遷の地にあって変わらず季節を知らせる柳絮（柳の綿毛）の存在を超自然の恩恵のようにも感じる。柳は強風にも折れず、嵐が止めば元通りにそこにある。激変する北京という街に暮らしてきたOさんにとっては、季節の移り変わりは風雅よりも苦痛を想起させることが多かったかもしれない。

私の北京滞在は四年間にも満たない期間だった。忘れがたい印象を刻み、自分を形成する細胞の一つになったような気すらする。

五月、柳絮は北京の街中に飛ぶ。古代から漢詩にも詠われてきた。ぼたん雪のようなふわふわしたものが中空を舞う。憧れの実物を初めて目にして興奮する私を中国の人々は呆れ顔で見ていた。

柳絮は日本人にとっての桜の花びらのようなものであると思っていたのだが、それが舞う風を受けていちいちうっとりするということでもないようだ。

北京の折々の風景の中には、必ず人との交流があった。人々の背後には私のあずかり知らない何十年もの歳月が流れている。思い返せば、雑談の中で過去の時間が透けて見えることは何度もあった。

Gラオシは文革の時期、家の中にこもって、幼いながら、毎日〈剪紙〉を作り続けていたそうだ。「ほかには何もしなかった。じっとしていたのよ」土産物店に必ず売っている精緻な切り紙細工は窓を飾る。このような伝統工芸ひとつにも人によって異なる記憶が伴っている。

按摩の先生は私の足裏をマッサージしながら「雑草を食ったよ。木の根も」と言った。〈大躍進〉の頃？　顔を上げると、先生の施術の力が強くなり、こちらは痛みに呻《うめ》いて言葉が継げない。

ピアノの先生は実は日本語がわかるらしい。レッスン中、ふとした拍子にそのことを察した。なぜ日本語を知っているのか、理由を尋ねたが、首を横に振った。上海で活躍していたというピアニスト、オーケストラを従えてステージの中央にいる若き日の姿が幻のように浮かぶ。

Oさんの半生記に対する私の最初の読み方は浅かった。書物や映像で見知っていた中国近現代史に関する表層的な知識が勝手に文脈を解釈して、時系列に辿っていた。中国人との結婚、異国での新婚生活、我が子の死、夫の死、貧困、差別……戦後に日本人が北京で過ごすことの困難は想像を絶する。

読み返すたびに新たな発見がある。抑制された言葉の奥にあるものが透けてくる。信仰心の深さについての認識が私には足りなかったことに気づく。最も尊重すべきはこの点だった。生きていくうえでの拠り所は祈りだった。どんな時にも感謝を忘れないOさんの内面の強さは、降りかかる災難を恨まない。試練は滋養になり、力になった。そして周囲に人垣が築かれた。Oさんの生涯を形あるものとして残そうと、まとめる手助けをしたのは教会の〈家族〉〈姉妹〉だ。孤独な作業ではなかった。

いったん話を終わらせたものの、言っていないことの数々がOさんの胸の内で複雑に動いているだろう。それでもこうして、現在に至るまでの変遷を日本語で著すことができた喜びはあるはずだ。そしてそれは海を渡って故国の人々の心にきっと届くと信じたからこそ、帰国する私に原稿を託したのではないか。

Oさんは私に対して信仰のことや苦労話は一切しゃべらなかった。厳しい体験談など、ひと言も漏らすことはなかった。

別れが近づいてきた頃に、記念の贈り物をし合った。Oさんからは素朴な民芸調の泥人形、私からは日本人形に似た姿の人形、店内でお互いに気に入ったものを選んで贈り合った。Oさんの望んだものが、彼女によく似合う愛らしい人形だったことが嬉しかった。

私の知っているOさんの姿を手記の文章に重ねると、一人の実像が立ち上がる。Oさんの存在はOさんだけの話ではない。国籍や宗教などでは分けられないあらゆる人間に共通した尊厳の問題なのだった。

教会に縁がなくても、洗礼を受けていなくても、聖書の言葉を知らなくても、人は直面した災難を乗り越えようとするとき、同じように祈り、耐え忍ぶのではないだろうか。

困難を前に生きる姿勢を決めるのが人間だ。祈りとはすべての人の中にある生きようとする姿勢のことなのではないだろうか。

生きることには意味がある。私は広い場所に出たような気がした。

導かれて、ここにやって来られた。

北京に生きた証を伝えずにはいられない。


（了）

＊事実に材を取って構成したフィクションです。

〈参考資料〉

・大川礼子さんの口述をホーリンズ裕子さんが筆記した原稿用紙の複写

〈関連資料／著者による〉

・「『昭和』文学史における『満洲』の問題」（早稲田大学杉野要吉研究室）

「牛島春子『祝といふ男』論」

・「海外子女教育」海外子女教育振興財団

1997・12号　海外子育て奮戦記「北京パラダイス」

2002・6号　研究実践レポート「帰国児童保護者による国際理解教室の試み」

・「早稲田大学国語教育研究」早稲田大学国語教育学会

第16集　現場からの報告「日本語としての文学　北京の現場から」

第27集　論考「漢文なんかいらないという生徒のために」

第37集　論文「八木橋雄次郎の国語教育　大連の記憶から」

装丁　花村　広
ＤＴＰ　土屋文乃

■ 著者略歴

矢樹育子（やぎ いくこ）

早稲田大学大学院教育学研究科（国語教育）修了。
著書に『ウルからジョンへ』『京都駅プラットフォーム』がある。
日本文藝家協会会員。

柳絮《りゅうじょ》舞《ま》い散《ち》る
北京《ペキン》に生《い》きた証《あかし》

二〇二四年十二月十二日　初版第一刷発行

著者……………矢樹《やぎ》 育子《いくこ》
発行……………株式会社文藝春秋企画出版部
発売……………株式会社文藝春秋
東京都千代田区紀尾井町三―二三
〒一〇二―八〇〇八
電話　〇三―三二八八―六九三五（直通）

印刷・製本……株式会社フクイン

ISBN978-4-16-009071-2